光文社文庫

傑作時代小説

情けの露

おっとり聖四郎事件控㈡

『飛燕斬忍剣』改題

井川香四郎

光 文 社

目次

情けの露

おっとり聖四郎事件控㈡

第一話　百万人の命

一

その悪い噂を聞いた時、乾聖四郎は、「またか」と不安にかられた。

今度は、日本橋福徳稲荷近くの十軒長屋から死人が出たというのだ。十軒長屋の近くには、一昨日、行ったばかりだ。日本橋で屈指の海産物問屋『江差屋』に招かれ、主人の喜寿の祝宴のため、備前宝楽流の庖丁をふるったのである。

半月ほど前から、死因不明の者が江戸のあちこちで出ていた。既に二十人を超える死者が出て、労咳のような病で床に伏せている者は三百人を下らないという。恐ろしい流行り病が蔓延しているに違いないと、南北の町奉行所は躍起になって防疫と原因の究明を急いでいるが、未だ解決の糸口はない。

――ひでえもんだ……。

聖四郎も思わず袖を口にあてた。目の前を大八車が駆けぬける。いずれも棺桶が積まれている。また死人が増えたかもしれない。

こういう時に、お上は対応が遅い。普段は偉そうにふんぞり返っているが、いざという時には役立たずなのだ。

路地という路地に、苦しそうな子供を抱えて、死にものぐるいの母親や父親の姿が見える。「しっかりしろよ」「頑張るンだよ」と叫ぶ声も、空しく響くばかりだ。

また別の通りでは、筵を被せられた者が戸板で担がれている。ちらりと見える足から、まだ若い男のようだ。泣きすがる老婆の姿が痛々しい。

――いったい、どうなってるんだ。

聖四郎は、江差屋へ駆けつけた。主人の宅兵衛が病に罹ったからだ。出張料理のために多大な報酬をもらった。その御礼もあるが、宅兵衛には江戸に舞い戻ってから色々と世話になっていたからだ。

ほんの二月前までは、相州小田原城下の料理屋で花板として働いていた。脇本陣や問屋場がそばにあったので、かなり繁盛していた。庖丁道を磨くというよりも、日々の忙しさの中に埋没している暮らしだった。

箱根へ湯治に行っていた宅兵衛が、聖四郎の懐石料理をめっぽう気に入り、江戸で店を構えないかと勧めてくれたのである。

もとより、聖四郎に店を構える気はない。出張料理人として、父乾阿舟(あしゅう)から受け継いだ庖丁道を突き進んでいる身である。しかも、江戸では、自分のせいで許嫁(いいなずけ)を失うという深い痛手を受け、まだ生傷が残っている。

——とてもじゃないが、江戸を見るのは苦しい。

はずだった。だが、どうしても喜寿の祝いは聖四郎の料理でしたい、という宅兵衛の我(わ)が儘(まま)を押し通されて、腰掛けのつもりで江戸に舞い戻って来たのである。

それが、この騒ぎである。喜びに沸(わ)いていた宅兵衛自身が、流行り病のために床についたまま、目を覚まさないのだ。

「喜寿の喜びを迎えたばかりなのに……悔しいですね」

見舞いに駆けつけた聖四郎に、内儀や跡取り息子たちが丁寧に受け答える。

「病を移されては困ると、忌(い)み嫌って誰も見舞いになんて来てくれません。なのに聖四郎さん、あなたは……本当にありがとうございます」

と内儀が涙を拭(ぬぐ)った。

「とんでもない。皆さんもどうか、お気をつけて」

「今度の流行り病は怖い……江戸のあちこちに飛び火して……もう何人の人が死んだか」

流行り病は、年寄りや子供ら弱い者が犠牲になることが多い。悔しさに拳を握る聖四郎であったが、如何ともしがたい現実に押しつぶされそうになった。

「だがね、聖四郎さん……」

言いにくそうに息子が口を開いた。

「本当に父は流行り病なのか。そう言う奉公人もおりましてな」

「これ、なんということを……」

内儀が眉を寄せて、叱責するように息子を睨みつけた。莫大な身代を継ぐ身であるが、どこか頼りなげにも見える。

「どういう意味かな？」

息子は聖四郎に向き直った。

「正直に言わせてもらいます。父の具合が悪くなったのは、実は、聖四郎さんの料理を食べた夜のことです」

「え……」

「父だけならまだしも、私も少々腹の調子が悪くなり、翌朝は胸も痛みました。臨席下さった問屋仲間の方々や、奉公人の中にも体の不調を訴える者がおります」

「もしや……私の料理が原因だと？　流行り病ではなくて……」

聖四郎はたまらず寝床の主人のやつれた顔をながめた。息をしていないかのように、静かに眠っている。

息子は申し訳なさそうな顔をしながらも、はっきりと他意をもって続けた。

「流行り病は本当に起こっているのでしょう。しかし、父がそうかどうかは、医者も分かりかねているのです」

「……………」

「事実、他に食した方々も体がおかしいとなれば、料理を疑ってしかるべきでしょう」

「そうですね」

しんみりとなる聖四郎だが、どうしても納得はできなかった。しかし、それは庖丁人としての驕りかもしれない。相手は重い病に倒れているのだ。軽々に言い訳はするべきではないと心に言い聞かせた。

そんな聖四郎の気持ちを見抜いたのか、内儀は、見舞いへの礼を何度も繰り返した。配慮の足りない息子への詫びのつもりでもあろう。

「母さん……媚びることはない。聖四郎さんがこうして見舞いに来たのも、本当は自分のせいかもしれないから、じゃないですか？　それが流行り病で片づけば、庖丁人としての名に傷がつかなくて済む。そう思ってのことじゃないですか」

「なんと情けないことを！　お見舞いに来て下さった方に何ということを。しかもお父様の前で！」

母の叱責に息子は憤然と席を立った。

「申し訳ありません……」

「いいえ……辛いのは、ご主人であり、ご家族の皆さんです」

深々と聖四郎は頭を下げた。

だが、心の奥では否定していた。素材に間違いはない。料理にも手抜かりはない。第一、食べ物が原因ならば、労咳のような症状にはならない。下痢(げり)や吐き気を催すはずである。

しかし、何かに怒りをぶつけたい息子の気持ちは痛いほど分かった。

帰りの道々、肌をなめるような春風を受けながら、聖四郎は江差屋での祝宴料理を思い出していた。

——本格的な京懐石だった。

懐石料理とは本来は茶席に出される料理である。あくまでも茶の湯を堪能するのが目的であり、一汁三菜(いちじゅうさんさい)が原則であった。だが、酒宴でふるまうには、それなりの創意工夫が必要であった。見た目に雅（みやび）でありながら、はらわたの底まで浸み入る、食べ応えのあるものが要求される。

飯、汁、向付（むこうづけ）から始まって、煮もの椀、焼きもの、炊合（たきあわ）せ、和（あ）えもの、二度目の飯、箸洗い、八寸、香（こう）のもの、酒盗（しゅとう）と、適時流れるように出してゆく。

聖四郎は、宴席で行ういつもの庖丁式で、箸を使わずに鯉（こい）をさばいて見せた後、店の賄（まかな）い人を手伝わせて、三十人分の料理を作った。

飯は少量だが、あくまでも炊き立てにしなければならない。汁は春らしく、白味噌仕立てに蕗（ふき）に桜麩（さくらふ）。煮ものは、筍（たけのこ）と油揚げ。春鱒（ます）の味噌焼き、炊合せは穴子の揚げ湯葉（ゆば）巻、鯛（たい）肝と白子の和えものと続けたはずだ。

箸洗いは、季節の香りを乗せた薄味の吸い物で、次なる杯事を執り行う前に、気持ちを鎮めるためのものといわれている。

そして、八寸。川海老の唐揚げに瓜を添えて、大根と高菜から、いくらの麹（こうじ）漬けの酒盗へと進めた。

形式にこだわったわけではないが、穏やかな人柄の主人に相応（ふさわ）しい料理の流れに思えた。しかしその何処（どこ）かに魔物が潜んでいたのか。聖四郎は己の未熟さを感じた。優れた庖丁人ならば、微妙な色の変化、匂い、型くずれなどを察知して、食材の善し悪しが一見して分別できるからだ。

——間違いはない。

そのうぬぼれが大切なものを見落としたのかもしれない。

「そういえば……水を持参しなかった」

と聖四郎は呟いた。料理に応じて硬い水を、武蔵野から取り寄せることがある。富士の湧き水がよいのだが、まあ大名の饗宴でもない限り、高級水売りに運ばせることはない。

「——水か……」

江戸の水は諸国を旅した聖四郎が飲んでも甘露といえるものだ。玉川上水から、江戸市中の隅から隅に流れる水には、一点の濁りもなく、とてもなめらかなものだった。米を炊きあげたときによく分かる。

そんなことを、ぼんやり思った時である。三軒ばかり先の路地から、猛烈な泣き声が聞こえた。

「お願いだ先生！　助けてくれよう！　何とかお願いだよお！」

同時に罵倒のような声も湧き起こる。聖四郎は歩みを進めて覗いてみた。

長屋の奥に人だかりが出来ている。軒下に小さな木札が揺れている。薄れた蘭方医という文字がかろうじて読める。

　ぶらり、聖四郎は路地に踏み入った。

二

　蘭方医・松本順庵とある。

　入り口からは、十数人の町人がはみ出て待っており、いずれも悶絶するほど苦しんでいる。やはり流行り病の患者のようだ。みんな不安に怯えた顔で、子供たちの頬には涙の跡がこびりついていた。

　聖四郎が中を覗こうとすると、

「みんな並んでンだ。こんな時に、割り込みなんかするのかよ」

　と苛立った声があがった。

「そんなつもりはないよ。余りに凄い泣き声なんでな。何があったんだい」

「ふん。のんきな若造だぜ。見ろい。あのガキ、この流行り病でおっちんでしまいそうなんだ。まだ三つだってよ」

　見ると、診療所の中では、意識不明の小さな子供が、白衣の中年町医者に治療を受けている。額に噴き出している汗で、一生懸命に助けようとしていることが分かる。

小さな診療所だが、見慣れない器具や秤などが所狭しと置かれている。蛇腹のような管を子供に咥えさせて、何度も何度も子供の胸を押したり、離したりしている。

「ぼう、しっかり！」

順庵の隣では、うら若い女が、やはり子供の口へ、蛇腹を伸縮させて息を吹き込んでいるようだ。

――これが、昨今、はやりの女医師か。

脳裏の片隅で、聖四郎は長崎に旅した時に、ほのかな恋心を抱いた女医師を思い出した。その女も、目の前の女のように、ひたむきに患者に立ち向かっていた。

「ぼう、しっかり。しっかり！」

母親は泣き叫ぶだけである。女医師は全身の力を込めて、息を吹き込み、心の臓を刺激していたが、その甲斐もなく、子供は全く反応しなくなった。順庵も女医師も少しばかり焦りの色が浮かんで、脈を取ったり、吸引を急いだりした。

が、だらり――と子供の腕が診察台から、垂れ下がった。

「いやだ！　音松！　やだよ、やだよオ！」

母親は子供にしがみついて離れない。順庵は、もうだめだと首を振って、虚脱した姿勢で診察台に背を向けた。

それでも女医師は、無念そうに唇を歪めながらも、

「死んじゃだめ！　聞こえる！　先生よ！　コラッ、返事しなさい！」

まるで自分の子であるかのように叫びながら、頬を叩くのであった。

入り口に押し寄せていた他の患者たちは、崩れるように診療所に乗り込んで来る。

「先生、その子はもうだめだ。そんなの放っといて、まだ生きてる者を診（み）てくれよ」

「そんなのとは何よ！」

憤然と振り返る。キラリ光る涙の粒が、飛んだように見えた。ほんの一瞬だが、聖四郎は目があったように感じた。

「そんなのとは何よ！　出てって！」

「それが医者の言い草!?　みんな胸が苦しくて、立ってるのだってやっとなんだ。いつまで待たせんのさ！」

そう怒鳴る女の患者に、他の患者も続けた。

「そうだ、そうだ。てめえの知り合いだけが助かりゃ、それでいいっつうのか！」

「早く診てくれ……俺だってまだガキが小せえんだ。まだ死ぬわけにゃいかねえんだよ、先生！」

誰が悪い訳でもない。なのに、何の罪もない人々が苦しみ、心の水が枯渇している。

順庵はゆっくり患者に振り返りながら、ぽんと軽く女医師の背中を叩いた。ふと我に返ったように、目の前の患者たちを直視した女医師は、汚れたものでも払うように強く、袖で涙を拭うと、

「――ごめんなさい……次の方、着物を脱いで、ここへお座り下さい」

と冷静さを取り戻して手招きした。

女医師の熱い仕事ぶりを見せつけられた聖四郎は、

――こういう時に、庖丁人は何の役にも立たぬな。

絵双紙作者や芸人と同じで、世の中のはぐれ者のような気がした。

町中はまさに生き地獄。咳き込む声や泣き声があちこちで聞こえ続けている。町方同心がいつにも増してうろついているが、お上にも手だてがないとみえる。

「ひゃあ、うめえ！」

　井戸端で大声があがった。襷掛けに前掛けの若者が、井戸から上げたばかりの水をうまそうにゴクゴク飲んでいる。一見して、同業者だと分かる。掌の紅葉のような赤みは、修業の賜である。

「よしなさいよ」

　と女房らしき女が板前に声をかけた。

「何言ってンだよ。江戸は掘り井戸じゃねえんだ。三代家光公の時代から、ずっとずっと流れてる命の水だ。この世で一番うめえ水なんだぜ」

「そんなこと分かってるわよ。でもね、今、流行りの病は怖いんだからね。生水はだめだめ」

「気にしすぎだって。病は気からって言うだろうがよ」

「何を暢気なことを……お陰で、うちの商売だって上がったりじゃないか」

　女房が暖簾を出す。最近、江戸で増え始めた料理茶屋である。時の老中松平定信は、祖父八代将軍吉宗の改革を礎にして、財政緊縮の倹約令を出し、庶民から華美な嗜好や悪書の追放をしたりしていた。そのため、通と粋で暮らしている江戸っ子は本来の享楽的な生き方ができないでいた。

　しかし、食うことに関しては、大坂の食い倒れに負けてはいない。地味な風情の中で贅沢なものを食べる。それが、お上に対するささやかな抵抗であった。

若夫婦の料理茶屋も、おそらくそういうものを目指しているのであろう。その灯が、思わぬ流行り病で消えてしまうのは辛い。聖四郎はそう感じていた。

ふと見ると、近くの軒先で、修験者風の男たちが怪しげな呪文を唱えながら、太鼓と鉦を鳴らして、これまた怪しげなお札を手渡している。

「このお札と茶を一緒に飲みなさい。さすれば悪疫から身が守られ、無事息災に過ごせるのじゃ」

藁にもすがりたい人たちは、素直にその札を手に取り、お布施を出してしまう。神仏を信じていない聖四郎から見れば、便乗商法に他ならないが、医者でも見放す事態なのだから、弱い庶民には仕方のない選択なのかもしれない。いずれにせよ、人の弱みにつけいる奴らが、聖四郎は許せない気質だった。

「おい。俺にも一枚分けてくれないか」

声をかけたが、優れた詐欺師は、容易に騙せる相手と騙せない相手を一目で見分けるという。修験者は聞こえないふりをして、足早にその場から立ち去った。

見送っている聖四郎の耳に、怒声が飛び込んだ。さっきの若い板前である。

「誰が人殺しだと、このやろう！」

腕をまくって見せた。二の腕には太い筋肉がついている。だが相手は小柄な中年女である。本気でぶん殴る気はなさそうだ。

「もう一度言ってみろ、こら！」

「ああ。何度でも言ってやるよ。この人殺しめが！」

中年女は怒鳴り続けた。女の側には、七、八歳の子供がしがみつくようにいて、板前を睨み上げている。

「あんたン店のマズい飯を食って、うちの父ちゃんは死んだんだ。父ちゃんを返せ！」

「ざけんな！」

言い返そうとする板前の袖を、女房がぐいと引いた。

「よしなよ、あんた。この人の身にもなってみなさいよ」

女房は少しばかりの金を包んで、

「今日のところはお引き取り下さい。また改めてお話はお聞きしますので……」

「そんな体のいい話に乗るかいッ」

と粒銀を投げ捨てようとするが、やはりと思い直したか袖に入れて、フンと息を吐いて、子供の手を引いて立ち去った。

聖四郎の視線を感じた女房は、覗き見された恥ずかしさに頬を赤らめ、亭主の背中を押して店の中に入った。

「あの子連れだって辛いんだよ。自分の亭主の死を、流行り病で死んだなんて、受け入れられないいんだよ」

——流行り病のせいではなく……。

つい先程、江差屋で同じようなことを言われて、聖四郎も責められた。その時、聖四郎は「もしや」と己の仕事を疑ったが、目の前の若い板前は断固突っぱねた。相手が哀れな女であってもだ。

若さゆえといえばそれまでだが、そこまで矜持をもって事に向かわねば、真の庖丁人とはいえまい。聖四郎は心の澱が消えていく思いがした。

だが、この時、聖四郎はまだ、結構な数の犠牲が出た人々の死が、流行り病によるものと信じ切っていた。

三

「ちょいと番屋まで来な」

路地を曲がった途端、いきなり腕を摑まれた。聖四郎は本能的に身をかわし、甲手返しで相手を地面に叩きつけた。背中をしたたか打ったのは、四十がらみの岡っ引だった。

「何の真似だね。お上の者につけ狙われる覚えはないがな」

聖四郎が冷静に言うと、岡っ引は土埃を払いながら立ち上がって、

「噂通りの凄腕だな。庖丁人、乾聖四郎さんよ……ま、そんなことは、どうでもいいが、大人しくつきあって貰わないと、町奉行所から追われる身になるぜ」

有無を言わさぬ目で睨みつけてきた。かなりの修羅場をくぐった顔だ。聖四郎にやましいものは何もない。涼しい顔をしていると、

「俺は堺町の自身番大家の松蔵ってもんだ」

と自分から名乗った。何処かで聞いた名だと思ったが、深く詮索はしなかった。

堺町といえば、歌舞伎や人形浄瑠璃の芝居小屋がある町だ。

「その町の自身番大家が何の用だ？」

自身番大家ともなると、町名主同様、地元の名士である。町奉行から直々に拝命し、何人もの岡っ引を抱えて、定町廻り同心の手足となって働いている。江戸の治安にとってなくてはならない存在であった。

仕方なく堺町自身番に来た聖四郎は、いきなり土間に座らされた。

〝おっとり聖四郎〟と呼ばれるほど、庖丁仕事以外は、大抵の物事に頓着しない男である。だが、将軍家料理番の流れをくむ乾家は旗本格の武士である。土間に座らされる謂われはなかった。

「いきなり、このような目に遭わせるとは、よほどの事なんだろうねえ」

聖四郎は背筋を伸ばして、いかつい松蔵の顔を見上げた。余計なことは一切言わず、まるで吟味与力のような貫禄で、

「流行り病のお陰で、江戸の町は灯が消えたように暗くなってるが……そのことで、吟味してえ」

「吟味……とは大仰に出たな。いくら自身番の家でも、吟味する筋合いはないと思うが？」

「それがあるんだ」

と松蔵は鑑札を出した。町奉行所から発行された、いわば予審の権限を記したものである。

町奉行所に持ち込まれる事案は莫大な数にのぼる。南北の町奉行が月番で行う訴訟事件も滞りがちで、決裁が遅れてゆく。その遅滞を取り戻すために、簡易な事

件、あるいは事件が発覚する前の隠密探索などは、松蔵のような自身番大家に任されていたのである。

今回は、隠密探索の一環だと言う。

「で、俺に何を訊きたいのだ？」

「まあ、まず俺の話を聞きねえ」

と松蔵は渋く光る目を向けて、「流行り病が長引けば、またぞろ旨い汁を吸って、儲けようとする輩が出てくる。贋薬を作って売ったり、霊感で治そうって輩がな」

「怪しい修験者なら、うろうろしてる。だが、治れば何だっていいではないか。俺が腰掛けてる長屋でも、いつ被害にあうかって、みんなビクビクして暮らしてるのだ」

どこか上品な口ぶりと、長屋という響きが松蔵には不思議に感じられたようだが、じっと見据えたまま続けた。

「だからこそじゃねえか？　病に罹った弱い者たちゃ、藁にでもすがりてえ。それを逆手に取るような奴あ、許せねえからな」

「俺から何が聞きたいのだ」

「――何も心当たりはねえと？」

益々、松蔵の眼光はきつくなる。いつぞや陸奥の山奥の寺で見た達磨禅師の墨絵のようだった。

「悪いが何もないねえ。流行り病は、俺だって正直怖い。早いとこ、お上に何とかして貰いたいくらいだ」

「ならば、なぜ……おまえが料理に出向いた先ばかりで、死人が出る」

「え？」

意外な言葉に聖四郎は凍りついた。

「どういうことだね？」

「見せてやろう」

と松蔵は、傍らの棚から、一枚の絵図面を出した。江戸の町を詳細に表したものだ。所々に、朱墨で印がしてある。

「根津権現近く、油問屋和泉屋の寮。弁天町にある勘定組頭堀田様のお内儀の実家。そして、日本橋十軒長屋近くの海産物問屋江差屋界隈……分かるな？」

「言いたいことが分からないねえ」

「この辺りに、流行り病になった者が集中しているんだ。そして、その中の何人かは、おまえが出向いて作った料理を食ってる」

松蔵は語尾を強めてトントンと太い指先で地図を叩くと強い視線を向けた。確かに、この十日ほどの間に、聖四郎が出張料理に出た先である。

「しかし、その事と俺を結びつけるのは、余りにも強引じゃないかい？　そもそも、なぜ俺の動向を調べていたんだ？　わずか二月ほど前に江戸に戻って来たばかりだが」

「だからだよ。おまえが江戸に戻って来てすぐ、この流行り病だ」

「まるで、俺が流行り病を持ち込んだ、とでも言いたげだな」

「——かもしれねえ」

松蔵は胡座を組み直して、「だから、じっくり調べてみる必要がある。小石川養生所でな」

「なるほどね。俺が病の菌を、な」

「疑いは、それだけじゃねえよ。わざとばら撒いたってことだって、ありえる。となると、ただの罹患者とはいえめえ」

「わざとだと？」

「ああ。そういう危ない奴は、世の中に幾らでもいるからな」

聖四郎は己が置かれている立場を訝った。まさに何かの罠にはめられようとしている。そうとしか思えなかった。

「俺が江戸に戻って来たのを知って、誰かがあんたに見張らせていたのか？」

松蔵は微動だにせず、何も答えない。

「なんとなく分かるよ。あんたは、随分、お偉い人とも繋がりがあるんだろうねえ」

筆頭老中松平定信を思い描いたが、すぐに打ち消した。前に江戸に滞在したときは、彼と出会ったがために色々と難儀な目に遭わされたからだ。とはいえ、庖丁人一人の動向を探っているとも思えない。

「よくよく、江戸とは相性が悪いとみえる」


自身番の番人に連行される形で、小石川養生所の門をくぐった聖四郎は、流行り病だけでなく、様々な病人や怪我人が足の踏み場もないくらい溢れているのを目の当たりにした。

薬草園の一角の千坪余りの場所に、診療所、介抱人部屋、病人部屋、薬煮部屋、養生所廻りの町方役人詰所などが配置されているが、医師や助手が雑踏の中で走り回っているようだった。

――世の中の全てが病人のようだ。

と感じるほど、異様な熱気がこもっていた。

茅葺きの病棟は男女合わせて四棟あったが、それとは別に隔離部屋があった。流行り病の疑いのある者がすでに入所しており、苦しみに喘ぐ様子が手に取るように分かる。

聖四郎は、隔離部屋の側にある狭い診療所に通された。

「あっ……」

と喉の奥から声が洩れた。目の前には、さきほど、町医者で見かけたばかりの女医師が待っていた。

聖四郎の発した奇妙な声に、女医師の方が驚いたようだったが、優しい微笑みを浮かべながら、診察台へいざなった。

「きれいな、おなご先生だろう。先生を見た患者は誰でもびっくりするんだ。喜べよ、こんな先生に触って貰えるんだからよ」

と、つき添いの自身番番人が、わざとらしく下卑た笑い声をあげた。明らかに女を見下した卑猥な声である。

「先生……小石川の先生でしたか」

「え？」

女医師は宝石のような瞳を向けた。白衣を着ていなければ、たしかに男なら誰もが振り向く美形に違いない。小町番付に出せば、大関は間違いあるまい。聖四郎は、蘭方医順庵の診療所で一生懸命に患者を救おうとしていた姿を見たと話した。

「あ、そうでしたか……」

女医師はもちろん覚えていない。一瞬、目が合ったと思ったのは聖四郎の錯覚であったようだ。

「でも、どうして、先生が町医者の所に？」

「松本順庵先生は、最も新しい蘭方医学を施しているお方です。時々、手伝うのを条件に出入りを許されているのです」

門外不出というほどではないが、医学書は何十両何百両もする高価なものもあった。幕府では、松平定信が建てた医学館があり、医師の養成が行われているが、『本草経』『傷寒論』『霊枢』など古医学がもとである。病理学、臨床医学ともに学べるが、いまだ長崎に行ったことのない女医師にとっては、順庵の教えが、最も役立つというのだ。

「で、俺は、病を撒き散らす〝権現様〟だということだが、どうやって調べるのだ？」

女医師は小さな筒状のものを出した。その尖端には錐(きり)のような刃物がついている。

「これで血を取ります」

「血を？」

「はい。血を調べることで、あなたが病に冒されているか、病をばら撒く菌を持っているかを推し量ることができるのです」

黒死(こくし)病と呼ばれた伝染病が猛威をふるった西洋では、今でいう細菌学が進んでいた。病根を断ち切ることで蔓延を防ごうというのである。

聖四郎の腕がなめし革でギュウギュウ締めつけられる。そうしておいて、浮かび上がった血管に、錐のような刃物をチクリと突き刺す。すると、ビュッと鮮血が飛び出して、江戸切り子のような容器に入った。

「魚をさばくのは得意なんだが……人の血というものは、いつ見ても、あまりよい心地はせぬものだな」

と曖昧(あいまい)な笑みを浮かべる聖四郎に、女医師はくすりと笑った。医者とは思えないほど、華やかな娘のような声だった。

「女医だからこそ、できることもあるんです。こんな繊細な診察や治療は、殿方にはできませんことよ」

あえて女医と名乗った。当時、「女医者」とは、女を診る男の医者のことで、中(ちゅう)条(じょう)流という中絶医を指すことが多かった。ゆえに、女医といったのであろう。だが、「じょい」という新しい感覚の言葉に、聖四郎は違和感を感じることはなかった。

「女医さん。まだ名前も聞いてないが？」

「名乗らなくてはいけませんか？」

「血まで取られたのだからね。血縁関係ができたわけだし」

女医はもう一度、艶(つや)やかな唇を少しだけあけて、

「志野(しの)といいます」

と答えた。父親はさる小藩の御典医だったというが、幼い頃に亡くしているので、志野の記憶には乏しい。

「この血によって、私の病状とか、その……病の菌とかは、すぐ分かるのかな」

「二、三日かかります。特殊な薬剤を混ぜて培養せねばなりませんからね。ですから、その間は、養生所の中にいて貰います」

「そんなことをすれば、こっちの身が……」

「大丈夫。まだ隔離はいたしません。本当の病か分かるまではね」

聖四郎は安堵したが、唐突に病人にされた不安は拭えなかった。万が一、自分が流行り病の根元ならば被害にあった人々に申し訳ないし、自分も苦しい思いをする。

そうではなくて、もし他に何か狙いがあって、自分が貶（おとし）められたのなら、何としても疑念を晴らさねばならない。聖四郎は切り子の中の己の血潮をじっと見ていた。

四

春だというのに、妙に蒸し暑い。

養生所に患者を詰め込みすぎたせいだ。本来なら、一棟に四十人の定員である。恐らくその倍近くが泊まっている。寝返りを打つこともままならない。

聖四郎は規律違反を承知で、寝床から這い出た。番人がいるうえに、灯を落とし、門はしっかり閉じられていた。ただ、門番小屋の前にある潜（くぐ）り戸だけは、一晩中、開けてある。緊急の患者が運び込まれて来ることもあるからだ。

門番に見つからないように、聖四郎は腰を屈（かが）めて門の外に出た。満月だから、夜道でも明るい。小石川の少し離れた先は、色里の湯島（ゆしま）である。足を延ばせば、夜も賑やかな神楽坂にも行ける。

——月夜に一杯。

やりたくなった。

ふらふらと蛾のように赤い灯のともる方へ歩いて行く。と、路地裏の物陰で、人影がゆらいだ。

目を凝らしてみると、がたいのしっかりした遊び人風が、行商人の恰好をした男に何やら袋を手渡しし、引き替えに小判数枚を受け取った。

——こんな所で、こんな刻限に。

怪しいと思った聖四郎は、二手に分かれた行商人と遊び人風、どちらを尾けるか迷った。行商人は『越中富山の薬売り』だった。むしろ、大枚を貰った遊び人が気にかかる。

「これで流行り病の患者も……」

と言う言葉が、夜風に乗ってかすかに聞こえた気がしたのだ。

獣のような直感としかいいようがない。聖四郎はおもむろに遊び人を追った。

月光のせいで、こそこそと塀に隠れるように急ぐ遊び人の姿が長く伸びていた。

遊び人が一目散に向かったのは、同じ小石川にある源覚寺こんにゃく閻魔の側にある、小さな賭場だった。江戸三閻魔といわれているそのすぐ近くで開帳するとは、まさに仏をも恐れぬ所業だ。こんにゃく閻魔は眼病治療に霊験あらたからしいが、遊び人たちは、賽子の出目に効くとでも思っているのであろうか。

「三ぞろの丁！」

中盆が声を上げると、遊び人は膝を叩いて分厚い唇をゆがめた。先程、薬売りから受け取った金の半分ほどをあっという間にすったようだ。

「くそう、またか！　今夜はついていてねえ」

駒札がなくなったので、胴元の席までガニ股で歩き、

「今日はとことんやるぜ」

と息巻いたが、胴元の虎五郎は顎髭をなでながら、

「気をつけな、房蔵」

「え？」

「奥の若いのが、おめえのことをさっきからずっと見てる」

末席で駒を張っている聖四郎を煙管で指した。房蔵は怪訝に目を動かした。

「知ってるのか、房蔵？」

実はさっき、富山の薬売りから金を受け取った時に、月明かりの中でチラリと見た顔だった。その時は、ただの通りすがりかと思ったが、賭場まで尾けて来ているとなると、何か曰くがあるに違いない。そう察したが、遊び人の房蔵は胴元に、

「見たこともねえ奴だ……でも、やっぱり出直すぜ。月の夜は、つきがいいってなあ、嘘っ八だ」

と鼻歌混じりで賭場から出て行った。

さりげなく立ち上がる聖四郎は、房蔵のあとを尾けようとした。それへ、

「兄さん、勝ち目なのに、もう上がりかい？」

虎五郎が声をかけた。

「勝ち逃げじゃ悪いが、急に催してしまってな。マブいのを待たせてるのでな」

勝ち駒の半分を虎五郎に渡して、残りを金に換えると、聖四郎は急いで階段を降りようとした。すると、背中にひんやりとした殺気を感じた。振り返ると、格子戸で閉じた奥の部屋の中に、鈍い光の獣のような目が浮かんだ。だが、聖四郎は気づかないふりをして、そのまま遊び人を追った。

ほんの一町も行かない所で、聖四郎は遊び人に声をかけた。

「ちょいと、兄さん」

吃驚して振り返った房蔵の顔には、明らかに嫌悪の色が湧き出ていた。

「なんでえ」

「――薬を売るには、お上の許しがいるんだぜ。知ってるかい」

一瞬、頬がぴくりとなった房蔵だが、平静を装おうとして、却って声がうわずった。

「な、なんだ、てめえ！」

そのツラを見て、聖四郎は図星だと確信した。やはり先程の薬売りに、「薬」を売ったのだ。それが何を意味するか、聖四郎にもわからない。だが、何か悪い予感がした。

「丁半賭博するために売る薬たあ、どんなもんだい？ 儲かるものなら、俺にも教えてくれないかな」

「知らねえな、何の話でえ」

「そう言うなよ。蛇の道は蛇って言うだろ」

鎌をかけた。すると房蔵は、薄ら笑みを浮かべて、

「ははん。そういうことなら……」

と親しげに近づいて来たかと思うと、いきなり懐に手を入れるなり、匕首を抜

いて、聖四郎に突きかかってきた。

ふいをつかれた。てっきり、薬袋を出すものだと思い込んでいた。ほんの一瞬、聖四郎がよけた隙に、房蔵は脱兎の如く走り出した。こっちを殺す気まではないようだった。

すぐ先の路地へ逃げ込んだ。

途端、うぎゃあ！　と房蔵の叫びが上がった。

「！」

聖四郎は急いで駆けつけた。と、目の前の地面には、パカッと脳天を割られて血みどろになった房蔵が倒れていた。それを見た聖四郎の視界に、銀色の閃光が飛び込んできた。

とっさに地面に伏せ、前のめりに転がりながら、土塀を背にして身構えた。

月光に浮かび上がったのは、右目にザックリと傷跡のある浪人者だった。その眼は、ついさっき賭場の階段で感じた殺気を放っていた。

「なぜ殺した……」

浪人者は無言のまま、刀を振り落としてくる。聖四郎は一寸の間でかわしたが、ほんのわずかに、相手の刀が伸びて来た。もし後ろに壁がなかったら、もう半歩、踏み込んで来ていたはずだ。そうすれば避けきれなかったかもしれない。

——できる。

聖四郎は久しぶりに胸が震えた。じっと相手が刀を引くのを見ていた。敵も聖四郎の腕前を一瞬にして見抜いたのであろう。後ろ足に体重を移し、少し姿勢を低くした。

月明かりを照り返した業物（わざもの）は、浪人が持つものにしては、かなりの銘刀であった。聖四郎は庖丁人である。庖丁を打つことはないが、名人の技を見たことは何度もある。庖丁は名工が作る。刀匠の伝統の技がそのまま庖丁にも伝わっている。

——肥前忠広（ひぜんただひろ）、か。

剣先の反（そ）り具合、鎬（しのぎ）の稜線（りょうせん）から推察した。一太刀で斬りやすい刀身ゆえ、暗殺を生業（なりわい）とする刺客が持つことがある。

——金で殺しを請け負っている食い詰め浪人か……ただの用心棒ではないな。

そう脳裏に浮かんだ途端、二の太刀が突き出されてきた。その切っ先が目の前から消えたかと思うと、鋭角に斜め上から打ち下ろされてきた。聖四郎はたまらず相手の懐に飛び込み、掌底（しょうてい）で喉元を当てに出たが、素早く離れられて、三の太刀が真上から落ちてきた。

寸前、腰の一文字(いちもんじ)を抜き払って峰に手をあてて支えるのが精一杯であった。相手が踏み込んで来るところに足払いをかけた。それをも見切った相手が跳ねた瞬間、聖四郎も跳びすさった。

――危なかった……こいつ、一体、何者なのだ？　これだけの腕を持っていながら、賭場の用心棒とは……。

聖四郎は間合いを取ると、中段の構えから徐々に一文字を上段に動かした。相手は、今度は微動だにせず、不動の構えで様子を窺っている。このままだと、恐らく半刻(はんとき)でもじっと向かい合うことになるであろう。それほどの緊迫が二人の隙間を埋めていた。

天倒(てんとう)、眉間、人中(じんちゅう)、水月(すいげつ)……と体の中心線を黙視する聖四郎には、ひとつの筋が見えた気がした。太刀筋が明瞭になると、不思議と恐怖心が薄れる。生への執着心がなくなるとまではいかないが、

――負けぬ。

覚悟と自信がつくのである。ほんの一足分だけ前に出る。しかも、菜の花に舞う蝶(ちょう)の如くゆっくりとした動きである。相手はそれを視野の中で感じて、斬り込んでくるに違いない。そこをわずか一寸ほど左右にずらして太刀を落とせば、その重

みだけで水月まで斬ることができる。

しかし、浪人者はその誘いに乗ってくる気配を全く見せず、刀を下段に下ろしながら半歩下がった。

「若造……」

初めて浪人が口を開いた。

「今宵は名月だ。血を見るのは一人でよかろう。いずれ決着をつけてやる」

そう呟いて、鞘に刀を収めると、背中を向けて堂々と立ち去った。追って斬ることができたかもしれない。しかし、太刀筋が消えてしまったからには、下手に攻撃すると、居合いで脇腹を払い斬られるやもしれぬ。

――やめておこう。

聖四郎は浪人の後ろ姿を見ながら、ゆっくりと一文字を鞘に戻した。

煌々と月は輝き続ける。夜だが、天上がやけに眩しい気がした。

五

血の検査では、何の病でもない、とのことであった。

聖四郎はほっと胸をなでおろしたが、逆に小さな怒りが湧いてきた。松蔵のまったくの思い込みで、病の元凶にされてしまったことにである。

「でも、よかったじゃないですか。これで隔離されることもありませんよ」

志野は女医らしい毅然とした姿勢で、診断を告げた。が、夜中に抜け出したことは、きちんと叱った。

その夜あったことは志野には話していない。が、堺町の松蔵親分には知らせた。にもかかわらず、遊び人の遺体は見つからず、殺しがあったことすら分からないと言う。町奉行所の仕事には、日限尋と永尋がある。この事件は永尋、つまり迷宮入りとなってしまうのか。

大勢の人を診察し、眠る間もないほどな上に、志野は流行り病に効く薬を調剤しているという。何度やっても、これぞという薬が出来上がらない。

「あんたの方がよっぽど倒れそうだ……目の下に隈までできてる。女医ってのも、大変な商いなんだな」

聖四郎は柔らかなまなざしを向けた。

「商いなんかじゃありません。医者は患者を助けたいだけ。それで儲けようなんて気は更々ありませんからね。もっとも、お金なんてほとんど入って来ませんけどね」

ほんのりと志野の襟元から匂い立ったあまいものに、聖四郎はうっとりとなりそうになった。志野も美人ではあるが、もっといい女は何人もいる。なのに、この女医に惹かれるのはなぜなのか、自分でも分からなかった。

「実は……あなたに見て貰いたいものがある」

「なんでしょう」

「この薬です」

「くすり……？」

訝しげに見る志野に紙袋を手渡した。殺された遊び人の房蔵の懐にあったものを拝借したのだ。

「待って下さい。どういう薬か知らないけれど、私は今、流行り病のことで頭が一杯なんです」

志野は傍らの薬研を見ながら続けた。

「こんな薬を作っても無駄かもしれない。だって、今度の流行り病は、私が見たことも聞いたこともない病だもの。でも、何かせずにはいられないんです」

「……」

「ううん。本当は、今すぐにでも長崎に行って、新しい薬を仕入れて来たい。ひょっとしたら、疱瘡の一種かもしれないから」

「疱瘡ってのは、天然痘のことかい？」

絶望的に小さく頷いた志野は、流行りだしたら手をつけられない、種痘の苗を植えるしかないと訴えた。その苗は数年前、清国の商人が長崎に伝えたと言う。それを人に植えつけることができれば、疱瘡に罹らないですむというのだ。

「では、それを持ってくれば……」

「小石川養生所だけでもこんなに大勢の患者がいる。その人たちを放って行くことなんてできない。私の力だけじゃ、どうしようもないって分かっているけれど……」

「………」

「悔しいの。何もできない自分が！　救いを求めている人に申し訳ないのよ！」

自分を責めることはない。聖四郎はそう言ってやりたかったが、医者とは己の身を犠牲にしてでも、人の命を救わなければならない使命と責任がある。

「だったら……公儀の者が長崎に行けばいい。それでもだめなら、俺が……」

「あなたが……」

志野は初めて、聖四郎のことを患者としてではなく、一人の男として見た。

「とにかく志野先生。この薬を調べてみて欲しい」

——これで流行り病の患者も……。

と房蔵がぼそり言っていたせりふが、聖四郎はひっかかっていた。

「ひょっとしたら、流行り病を治す薬じゃないか……」

「ええ!?」

「詳しいことは言えないが、富山の薬売りが大枚はたいて、ある男から薬を買っていたんだ。もしかしてと思ってね」

聖四郎の話を真に受けたわけではないが、受け取った薬が何か一応調べてみると約束した。

「お願いしますよ」

「ええ」

「いい薬だといいんだけどね。はっきりしたら、俺が腕をふるって、うまいものをご馳走しますよ……そんな暇はないか」

志野の微笑み返しに、柄にもなく照れてしまう聖四郎であった。

深川の富ケ岡八幡宮そばに、仮住まいをしている長屋があった。聖四郎が帰って来ると、近所の者たちが何やら大騒ぎをしていた。井戸端でおかみさん連中が、いつもと違って慌ただしい。

「何があったんです？」

「ああ、聖四郎さん。凄いこったよ」

「まさか、この長屋でも流行り病が!?」

「その逆だよ。流行り病を治す薬ってのが、出回ってるのさ」

――ほら来た。

と聖四郎は頭の中で思った。やはり、流行り病の薬は密かに出回っているのだ。

「萬王丸って薬でさ、てきめんに治るってものらしいよ」

「本当に効き目があるのか？」

「さあね……でも、聖さん。驚きなさんなよ」

年配のおかみさんが赤い腰巻きを腿の前で束ねながら、「数に限りがあるらしくてさ、一服二両もするんだってさ」

「二両も!?」

「あたいら、小判なんて見たこともないよ。なのに、流行り病に罹った人たちが、どっと押しかけているらしいよ」

「どこへ」

「日本橋本町の錦宝堂って薬種問屋さね。とどのつまりは、金持ちだけが助かって、貧乏人は苦しむしかねえんだけどさ」

流行り病に便乗してぼろ儲けしているだけではないか。町で見かける修験者とかわりないのではないか。不安が過ぎった聖四郎は、部屋にも入らず、踵を返した。

日本橋本町三丁目――。

この界隈は江戸初期に、家康が薬種問屋の町に制定した。日本橋には数々の大店が並んでいるが、他種の商いに負けない立派な薬種問屋ばかりであった。

錦宝堂もその一画にあり、立派な店構えであった。

おかみさんたちが話していたとおり、錦宝堂の黒看板の前だけに、裕福そうな町人がずらりと並んでいた。おそらく家族の者が駆けつけたのであろう。助けたい一心で、必死に頼み込んでいる職人風もいるが、番頭らしき初老の男が、丁寧に断っていた。

「本当に申し訳ありません。なにぶんにも在庫がもうないのでございます」

「そんなはずはねえ。五両出せば譲って貰える。近所の人はそう言ってた。実際に、その人はその薬を飲んで治ったんだよ。ほら、ここに五両用意して来たんだ」

必死に訴える客だが、恐らく借金してでも買い求めに来た類の者であろう。

番頭は見下すような目になったが、あくまでも商売人らしく丁寧に追い返した。

「分かりました。もし、また入りましたら、お譲りします。どうか、他の薬屋にも行ってみて下さい。必ず、よい薬があるはずです」

客を送り出して深々と礼をして、頭を上げてから、番頭はほんの少し笑った。聖四郎にはそう見えた。

――やはり何かありそうだな。

お節介の虫がまた湧いてきた。志野に渡した薬とも関わりあるかもしれない。

聖四郎は後先考えず、ぶらりと見送る番頭に歩み寄った。

「番頭さん」

振り向いた番頭は、聖四郎の姿となりを一目見て、上客だと見て取った。着流しだが、仕立てのいい大島紬、上品な裏地が裾口からチラリと見える。雪駄も丁寧な仕上げの上物である。すらっと上背があって、髭もきれいに剃刀をあてて実に清潔そうだ。腰のものの鞘も磨きが行き届いている。

「これはこれは、旦那様。今日はどのような御用向きでございましょうか」

揉み手で店の中に招き入れた。繁盛しているのは流行り病のせいだけではなく、他の店にはない珍しい生薬があるかららしい。

「実は……大変、世話になっている方が、流行りの病に伏しておりましてな」

聖四郎もなるべく丁寧な侍言葉を心がけた。

「海産物問屋、江差屋のご主人なのだがな。ご存じか？　福徳稲荷の近くの寮におられた時に、病に罹ったかもしれぬのだ」

「さようでございますか。江差屋さんなら、当家の主人も長い付き合いかと存じます」

「ならば、譲って貰いたい」

「しかし……」

番頭は本当に困惑した顔をして、「ご覧のとおり、皆様にお断りしているしだいでして、なにぶん在庫が……」

前の客と同じ事を言おうとしているのを止めて、聖四郎は声をひそめた。

「そこをなんとか。小耳に挟んだんだが、初めは二両だったそうだが……そちらが望むだけのものは支払おう」

番頭はしばらく考えていたが、主人と相談すると言って帳場から下がり、奥へ消えた。

――ないなんて嘘じゃないか。どうせ、蔵にどっさり隠しているんだろう。

見回すと、店内には和薬だけではなく、琉球産、唐産などの薬も売られていた。人参、葛根、桂枝などなじみの生薬もあれば、「龍脳丸」「豊丹心」「延齢丹」など古来からの秘宝家伝薬が並んでいる。錦宝堂に限らず、巷には様々な薬剤が溢れていた。

――だが、やはり妙だ。

と聖四郎は思った。薬はかつて、公儀の和薬改会所を通して、品質や流通を管理していた。が、徹底できなかったために有名無実となり、結局は廃止になったから、粗悪品や贋薬が堂々と出回るようになった。そのため、和薬改会所がなくなった代わりに、厳しい御定法が作られた。

毒薬を売った者は引き回しの上、獄門。贋薬を扱った者は引き回しの上、死罪――という極めて厳しいものである。

だから、薬種問屋組合では、厳格で緻密な取り決めをして、安全で効能の確かなものを作って売るということを徹底していた。

――なのに、この店だけが〝繁盛〟しているのが妙なのである。

聖四郎が観察するように見ていると、

「お客様。奥へどうぞ」

と戻って来た番頭が声をかけた。

招かれた奥座敷には、見たこともない小鳥が数羽、籠の中にいた。白に紅絹色と柳色が混じった美しい鳥だ。

「綺麗な鳥ですね」

聖四郎の言葉に、上座に座っていた当家の主人久兵衛が狸腹を突き出すように、

「残念ながら、目の保養のためではないんですよ」

と言った。頬に笑みをたたえているが、目は笑っていない。

「薬のためなんです。この南蛮渡りの鳥の肝が、胃腸によろしいのでね」

「ほう……」

指を籠の前に差し出すと、小鳥は気性が荒いのか、狭い所で心労がたたっているのか、乱暴に嘴でついばんできた。

「いてて。これが胃腸に効く、ねえ」

「ふほほ……薬種問屋たるもの常に新しいものを、健康すぐれぬ人々に提供せねばなりませんのでねえ。で、何服、入り用なので？」

煙管をポンと掌で叩いて口にくわえた。その仕草には大店の主人というよりも、まるで極道者か女衒のような貫禄があった。

「一服で、どのくらい効くのですかな？」

「そうですな……症状によりますが、床にふせっているようでしたら、四服ほどお試しになってみますか」

「自信があるのですね」

「なければ、お売りいたしません」

「小石川養生所の医者の話によれば、この流行り病は疱瘡かもしれないんです。それが、あなたは分かったのですか？」

食い入るように聖四郎は見た。久兵衛はまったく目を逸らさず、

「医者ではありませんから、分かりません。でも、たまたまこの薬が効いたのです。我が家に伝わる秘伝の生薬、萬王丸です。元々は労咳のために作られたものですが……理由はともかく、これで人々のお命を救えると思うと嬉しゅうございます」

心のない言葉だったが、主人は精一杯、慈悲をこめているつもりであろう。

「で、四服……」

「五十両です」

「ご、五十両……あっさり払える金額ではありませんな」

「命に比べれば安いものです」

「では貧しい者はどうなるのです」

「――お待ち下さい。流行り病は私どものせいではありませんよ」

久兵衛が淡々と煙管に火をつけた。

「足下を見てるのかい？」

「どうやら、からかいに来ただけのようですな。番頭さん……あんたも人を見る目が鈍ったのじゃないかえ？」

と傍らの番頭に言い捨てて立ち上がった。本当は気短な人物らしい。

「分かった。ここに……十両ある」

聖四郎は懐から財布ごと差し出した。

「ほう。そんな大金をいつも持ち歩いているのですか」

と久兵衛の目の色が変わった。

「残りはすぐに持ってくるから、一服だけ分けて欲しい。すぐにでも、江差屋さんに届けたいんだ」

「江差屋さんほどの大店なら、自前で幾らでも払えるでしょう。これは手みやげです。まずは、少しでも回復することを切に願っておりますよ」

久兵衛はそういって、一服だけ分けてあげなさいと番頭に命じた。

「これは特別ですよ……江差屋さんの顔に免じて……そして……江戸で人気の庖丁人、乾聖四郎さんに免じて」

「——知っていたのか？」

主人は何も言わず、かといって素知らぬ顔でもなく、そのまま廊下に出て行った。麝香（じゃこう）の匂い袋の薫りだけが残った。

六

驚くべきことに、白湯（さゆ）に溶（と）かして萬王丸を喫すると、意識不明に近かった主人宅兵衛は目を覚ました。高齢にもかかわらず、もごもごと口を動かして話すまでになった。

まるで霊験あらたかな祈禱（きとう）が効いたように、回復の兆しが見えた。もっとも当時は、病魔退治のために祈禱や呪（まじな）いにすがるのは当たり前であった。疫病を起こすのも、人間には分からない天罰とか神霊の仕業と思っていたからである。ゆえに、それを施す者も大した罪にはならなかった。

だが、萬王丸一服で病がよくなったことで、いわば本草の効能を認めた江差屋の息子は、切り餅を何個も抱えて錦宝堂に急いだ。

「お元気になられることを、心から祈っていますよ」

聖四郎は挨拶を済ますと、その足で、小石川養生所の志野のもとまで向かった。

すでに萬王丸の噂は広がっており、それを聞いた志野は町医者の順庵の診療所まで出向いているという。だが、小石川養生所に来ている患者たちには、多額の薬代が払えるはずもなく、遠い世界のことと感じていた。

——二両が、十両……五十両と鰻(うなぎ)登りに値上がりするのは気になるが、もっと気になるのは……本当に疱瘡か、ということだ。

順庵の診療所の扉を開いた聖四郎は、ガランとした室内に驚いた。先日までの熱気がないのである。

「いい薬があるんですからね。そちらに行くでしょう」

と診察台の前の順庵がいった。

その傍らで、老婆の面倒をみている志野にも、どこか翳(かげ)りがあった。

「志野先生。例の薬、疱瘡に効く薬かどうか分かりましたか？」

「私の力ではどうにも……だから、順庵先生に調べて貰ったのですが、疱瘡とは関わりはないのです。もっと時が必要です。でも、それを調べて一体何に……」

聖四郎は小さな油袋を出した。少量の白い粉末がある。江差屋に渡すものを、微量だけ貰ったのだ。

「これは錦宝堂で四服五十両もの値で、特別に売られている薬です。これも調べてみて欲しい。本当に流行り病に効く薬かどうか」

「ちょっと待って、聖四郎さん」

と志野は老婆の着物の襟を戻して、

「どういうこと？　錦宝堂さんが贋薬を売ってるとでも？　薬種問屋がそんな事をしたら、極刑なのよ。それに、いくら法外な値で取り引きしてるからって、患者はたしかに元気になってる。私みたいに何もできない医者より、よっぽど頼りになるわ」

「しかし……どうも引っかかるんだ」

聖四郎は少し苛立っている志野に近づきながら、順庵にも聞いて欲しいと言った。

「江差屋さんにしても、病に罹ったのは主人だけなんだ。志野さんの言うとおり、疱瘡のような流行り病なら、一緒に暮らしてるお内儀や手代(てだい)の中にも病になる者がいてもいいだろ」

「ご主人は運が悪かったんだろう」

と順庵が口を挟んだ。

「運、ねえ……たしかに、病に罹ったのは不運かもしれない。でも、何か裏がある。俺にはそう思えて仕方ないんだ」

「どうして、そう思うの？」

「俺は医学のことは分からない。でもね、古来、医食同源と言うだろう。本草学を学んだわけではないが、薬草には少々蘊蓄(うんちく)はあるし、滋養についちゃ拘(こだわ)っているのでね」

「実は……何人もの患者を診ていて、発疹(ほっしん)などがないし、疱瘡ではないと見立てていた。他の疫病かもしれない……そう信じていたのだけれど、それも違うと気づいたの」

聖四郎の切実な瞳に、志野は小さく頷いて、ささやくように言った。そして、渡した萬王丸を傍らの机上にある硝子(ガラス)器の中の液体に、細い針で浸した。

「じゃあ、なんだ？」

「恐らく……毒」

くり変わった。

聖四郎が目を移すと、志野がいじっていた硝子器の液体が、藍から柑子色にゆっくり変わった。

「――あなたが先日、渡してくれた薬物と萬王丸は同じものね」

「同じ……」

「これは、人に移る流行り病に効くものではなくて、キノコとかフグの毒消しに効く、オランダ渡りの薬なの……それって、どういう意味だと思う？」

「患者は、毒を飲んだ……とでも言うのか？」

「飲んだというより……」

「知らないうちに飲まされた」

聖四郎は腕組みをして考えていたが、

「なるほど、そういうことか」

膝をポンと打って、志野の手を引いた。

「志野さん、来てもらいたい所がある」

聖四郎は志野を診療所から強引に連れ出した。

堺町の自身番は、大店のような一軒の立派な屋敷である。町の辻々にある障子戸一枚の屋台に毛が生えたのとは規模が違う。それだけに、あちこちで事件を起こした輩が、常に連行されており、吟味前の者を留める牢屋もあったので、柄の悪い怒声も聞こえていた。

「地図を見せろ、だと？」

聖四郎の前に現れた自身番大家の松蔵が、どっかと腰を落とした。連れの美人医者が、何か曰くありげに見えたのか、ふんという目つきで、ねめるように眺めた。

「松蔵親分が、俺に見せてくれた、流行り病の患者が出た町を記した、あの地図ですよ」

「それがなんでえ」

「この女医さんにも見せて貰いたい」

「――そんなものを見て、一体何しようってんだ？」

面倒臭そうに言いながらも、棚から取り出して、志野の前に広げてみせた。志野は不思議そうに目を凝らした。

「ちょいと失礼しますよ」

と聖四郎は、志野から紅を借り、それを指で溶くようにして、地図の上に線を引き始めた。それを見て松蔵が慌てて声をあげた。

「おい、何しやがる」

「まあ見てて下さいよ、親分」

江戸市中の地図の中に描かれているある線を、聖四郎の指が丁寧になぞって、紅が伸びてゆく。蜘蛛の巣のように広がる幾重もの線を、楽しむように描いた。

「これは……江戸の上水路、だな」

「さすがは松蔵親分。すぐに分かったか」

「これくれえ、頭に入ってねえとな。江戸を守る者としちゃ、当たり前のことだ」

「だったら、もう少し、肝心なことが分かるんじゃないかい？」

松蔵は聖四郎に乗せられて、思わず八百八町の絵図面を睨みつけた。

江戸の生活用水は、地面を掘削して湧き出させた井戸水ではなく、河川から引き込んだ神田上水や玉川上水によって賄われていた。

神田上水は、徳川家康が江戸入りした頃に開発した水道で、井之頭池や善福寺池から水を集め、小石川の水戸藩の敷地内を通り、水道橋から大懸樋で神田川を跨いで、江戸市中に流し込まれていた。

一方、玉川上水は、江戸に人が密集し始めて水量が増えたので、玉川兄弟が建議し、巨大な私費を投じて、多摩川から四谷の大木戸まで運河を作った。そこから四谷見附、麹町、江戸城大手町、赤坂、虎ノ門、芝、築地、八丁堀など江戸に隈無く水が流れるよう、地中に万年石樋や木管を通したのである。

水道は地下を網の目のように走っており、水は武家屋敷や長屋の『ためます』と呼ばれる井戸に流れ込んでいた。

「どうです、親分」

聖四郎は、松蔵が前に印をつけた場所と水道の流れを比べさせた。

「亡くなった人は、ほとんど、この丸印の長屋の住人じゃないかい？　全て同じ水流だ。で、他に被害にあった者も、何かの用事で、この丸印辺りに来ていた……違うかい？」

まじまじと地図とにらめっこしていた松蔵は、急に不安が込み上げてきた顔で、聖四郎を見上げた。同時、志野がすっとんきょうな声を出した。

「まさか……誰かが、この水路に毒を⁉」

松蔵も志野の顔を見ながら、脳裏に忌まわしい情景を浮かべたようだ。

木樋は一辺が四尺ほどの大きさである。もし、そこを金具でこじ開け、毒の固まりを落としたとすれば、毒は拡散しながらも水道を流れ、しばらくは『ためます』

に溜まる。それを汲み上げた人々が飲んだとすると……。

考えただけで、志野も松蔵もぞっとした。

「だがな先生。これはまだ俺の憶測だ。誰がどんな毒を放り込んだか。それを突き止めなきゃ、お天道様の下に引きずり出すことができないじゃないか。さしあたり気になるのは、その病に効く薬を知っていた錦宝堂だ」

「――毒なら、水を沸かしても効き目が残る。もし又、流したとしたら、大変なことになる……そんなことが本当だとしたら、絶対に許せない」

みるみる紅潮する志野と冷静な聖四郎の顔を見て、松蔵も嗚咽しそうなほど苦々しい思いがこみあげてきて、ふるえ始めた。

七

後はお上に任せな、という松蔵の心意気を信じてはいたが、錦宝堂が町奉行所に捕らえられたという話はとんと聞かなかった。むしろ、未だに苦しむ患者が、次々と萬王丸を求めるようになった。

錦宝堂としても、五十両では余りにも高価過ぎると考えたのか、新たに調薬したと触れ込み、値もそこそこ下げてきた。流行り病の噂が絶えたわけではない。却って、他の地域にも蔓延していた。

聖四郎の憶測が正しければ、それはとりもなおさず新たに毒が流されたことになる。何の罪もない江戸百万の人々の命が、無法者の餌食（えじき）になるということだ。

犯罪は江戸町奉行の管轄だが、水道は普請奉行の担当である。お互いの面子を気にして、領分を犯さないまま探索をしているから、埒（らち）があかないのだ。

――お上は何をしてやがる。

聖四郎は遅々として進まない探索に苛立っていた。水とは切っても切り離せない庖丁人である。安心して、出張料理が出来ないことも辛かった。

そんなある夜のことである。

志野が聖四郎の長屋を訪ねて来た。切羽（せっぱ）詰まったような、何かに怯（おび）えているような顔だった。

「どうしたんだ？　往診を頼んだ覚えはないがな」

心の中では嬉しかったが、困惑した可愛い顔を見ると、つまらぬ意地悪を言ってみたくなった。「それにしても、よくうちが分かったな」

「診察した時に住まいを……」

といいながら、しきりに後ろを気にしている。誰かに尾けられてでもいるのか、

「上がってもいいですか」

うわずった声でそういった。

「俺はいいけど……俺も独り者だ。幾ら先生と患者の関わりでも、こんな刻限に嫁入り前の女がいいのかい？」

「冗談はそこまでにして……」

と踏み込むように入って来た。

「――やはり、誰かに尾けられていたのか？」

聖四郎は長屋の木戸口まで出てみた。

すると、二、三人の人影が、路地を覗き込んだり、物陰へ駆け込んだりしている。

「どっちへ行った」「わからん」「向こうかもしれねえ」「とっとと探せ」

などという押し殺した声が聞こえる。どうやら、志野を探していることは間違いないようだ。部屋に戻ろうとすると、一方から来た提灯のあかりに浪人者の姿が浮かんだ。

――あいつ。

いつぞやの賭場の用心棒である。用心棒の側で提灯を持っているのは、錦宝堂の

番頭だった。屋号の入った提灯ではないが、聖四郎にはすぐ分かった。賭場の胴元、蛾のように集まったならず者たちの顔もくっきり浮かび上がった。

虎五郎とその子分たちである。聖四郎は目を見張った。

――あいつら、錦宝堂とつるんでやがるようだな。やはり、あの房蔵とかいう遊び人が密かに売っていた薬は、錦宝堂が作った〝毒消し〟だったに違いないな。しかし、どうして志野が追われているのだ？

聖四郎は部屋に戻って心張り棒をかけると、春とはいえ寒さがしんとくる板間で、囲炉裏に火をおこしながら、

「なぜ、錦宝堂の者たちに追われている」

「………」

志野がぶるぶる震えているのは寒さのせいではなかった。何か恐ろしいことがあったことは想像に難くない。

「何があったんだ？」

「――私、錦宝堂を張っていたんです。あなたから渡された毒消しの謎が、どうしても知りたくて」

夕方、番頭の出かける様子が気になって尾行すると、案の定、人相風体のよくな

い人たちと会ったという。一緒に、新大橋(しんおおはし)近くの居酒屋に入って、こそこそ話し始めた。

「今日は、適当な人間が見つかったから、たっぷり試してくんな」

ならず者の一人がそう言った。しばらく、その店で飲み食いをした後、橋を渡って本所(ほんじょ)深川の方に向かって歩き出した。行き着いた先は、仙台堀要(せんだいぼりかなめ)橋近くの、誰にも使われていない古い土蔵だった。

だが、番頭とならず者たちは、土蔵の中に入った。志野は気づかれないように、下駄を脱いで、裸足で敷地内に踏み込んで、天水桶を伝い登り、明かり窓から覗いた。

すると、天上から縄で吊された男がいて、その周りに番頭とならず者たちが立った。その前には、浪人者が立っていた。

「浪人者？　そいつの右目にはもしや、ザックリと傷がついてなかったかい？」

「あったわ、くっきりと。そして、ならず者たちの印半纏(しるしばんてん)には、虎という文字が……」

虎五郎と用心棒に間違いない。

「急に怖くなって、私、悲鳴を上げそうになって。でも……」

必死に踏ん張ったという。土蔵の中で起こったことを、志野は目の前で見ているかのように話した。

　番頭は、浪人者をこう呼んだ。

「鬼塚（おにづか）様。新しい薬を持って参りました」

「うむ。そろそろ、神田上水の何処かに毒を撒け。玉川上水の支流ばかりでは怪しまれるからな」

「はい」

「人が死んでばかりでは儲けにならぬ。ここに毒の配分量を書いてある。間違いのないように、よいな」

　と浪人者は紙切れを番頭に渡して、「その前に、この男で試してみろ。なに、金に困って賭場荒らしをした奴だ。死んだところで誰も悲しまぬ。野垂（のた）れ死にしても、どうせ流行り病で片づけられる」

　鬼塚に言われるままに、番頭は薬を調合して、半裸でぶら下がっている男をならず者たちに押さえつけさせて、無理矢理飲ませた。

「私は……私は恐ろしくて……」

　そこまで語って、志野は崩れるように聖四郎の胸の内にしなだれた。

「見つかって、逃げたのだな？」

「はい……天水桶が傾いて……裸足のまま転がるように逃げました。出鱈目に走っていたのですが、宵も深まって自身番の火も落ちていたので……思い出したのです。聖四郎さん、あなたを……本所深川にいると……」

少し汗ばんだ志野の香りが、聖四郎の鼻孔をくすぐった。甘酸っぱい匂いと、しっとりと艶やかな黒髪の乱れに、胸がときめいてくる。初めて順庵の診療所で見た、勝ち気な性分を丸出しにして、患者に立ち向かっていた女医とはまるで別人のように、美しく可憐で弱々しい姿だった。

「先生……」

「――先生、なんて言わないで下さい」

「では、どういえば……」

「志野、と」

消え入るような掠れた声が、今度は聖四郎の耳元でうわずった。喉の奥から湧き上がってくる乾いた感覚を、無理に消すことはできなかった。初めて会った時も、養生所で検診を受けた時も、胸がときめいていた。女人にもてる聖四郎にしては、珍しく一目で自分から惚れてしまった。

志野も同じ思いだった。父親の遺志を継いで医術を志してから、色恋沙汰には陥るまいと決心していた。勉学に勤しむ毎日で、年頃の殿方を見ても、何とも思わなかった。むしろ毛嫌いすらしていた。学問をする女を冷ややかな態度で扱っていたからである。

でも、聖四郎だけは違った。なぜだか分からない衝撃が志野の中に滞っていた。まったく経験したことのない、甘酸っぱく切ない思いだった。

「聖四郎さん……」

聖四郎は志野をひしと抱きしめた。

流行り病で死ぬかもしれない。怖い浪人者たちに追われて殺されるかもしれない。その恐怖の断片が、志野の心に火をつけたのかもしれない。聖四郎はそう思うのであった。

八

翌朝、深川閻魔堂の脇から大川に流れ出ている堀川に、中年男の水死体が浮かんでいた。死体はゆっくり流れてゆく。水死体が珍しくない江戸時代にあっては、見つけた者は番屋に届けもせず、放置しておくこともあった。

しかし、その男には、奇妙な死斑が浮かび上がっており、投網に絡まっていたこともあって、近くの河岸に引き上げられた。

町方の調べで、賭場に出入りしている遊び人だと分かった。小石川の医師によって検死されたが、怪しい点はなく、結局は流行り病のせいであろうと片づけられた。

が、検死に立ち会った志野は、

「あの男は、土蔵で薬の効き目を試されていた男よ。やはり、聖四郎さんの言うとおり、流行り病ではなく毒のせいだったのよ。他の患者にも同じ斑点が……」

小石川養生所の診療所で、聖四郎は志野から、そう聞かされた。志野は何事もなかったかのように、医者の顔に戻って説明している。

――女は分からぬ。いや、そういうものか。

聖四郎は、ぼんやり志野の顔を見ていた。

「ねえ。ひどいと思わない？」

「え、ああ……」

「錦宝堂とあの浪人たちは、江戸の何処からか水道に毒を撒いている。何の罪もない人々の命を平気でもてあそんで、しかも、薬を扱う者がこんな血も涙もないことを！　こんな奴ら、私は刺し違えてでも葬ってやりたい。初めは恐らく、強い毒を流して、死人を次々と出した。そうして、恐怖を植えつけておいて、次は薄目の毒を流したのよ」

「なるほどな」

と聖四郎は、水道の地図の写しをもう一度じっと見ながら、「軽い症状でも、流行り病だと思い込んで、大金を払ってでもと、薬を買いに走るって寸法だ。ぼろ儲けだな」

「その薬を作るために、生身の人間を使って試していたのよ。生かさず殺さず、薬を欲しがる人ばかりにするように」

「ああ。虎五郎の賭場で負けが込んだ奴で、うまい話があると騙されて、あの土蔵に連れて行かれて薬を飲まされた奴は、何人もいるようだぜ」

その時、縞の羽織の内側に十手を差した松蔵がぶらりと訪れた。

「その仕掛け人は、鬼塚郡兵衛という侍だったぜ。聖四郎さん、あんたが斬られそうになったという浪人者だよ」

松蔵も志野の話を聞いて調べていたのである。

「奴はな、元は阿波小松山藩の毒味役だったらしい」

「毒味役……」

聖四郎と志野は顔を見合わせた。

「先祖代々、藩主の側役の重要な職を継ぐ家系らしいが、誤って、お世継ぎを死に至らしめて、今じゃ藩からも追われる身らしい」

浪人者とはいえ、どことなく垢抜けていたのは、小藩ながらも由緒ある家の出だったからか、と聖四郎は刀を交えた時の緊張を思い出していた。

「それにしても松蔵親分……毒味役ともあろう者が、その知識を使って、恐ろしいことを考えるもんだな。いや、毒味役だからこそ、かな？」

「そいつが錦宝堂と結託して、騒ぎを起こしていたことは間違いあるめえ。しかし……」

と松蔵は顔を曇らせて、「これぞという証拠がねえ。なんとか、いい知恵はねえもんかなあ」

「うまく行くかどうか自信はないが、幸い錦宝堂の主人の久兵衛は、俺のことを庖丁人だと知っている。ゆさぶりをかけてみることはできる、かもな」

その日の夕方、聖四郎は江差屋の主人が快気した御礼という触れ込みで、調理道具一式と食材を揃えて、錦宝堂に押し掛けた。

「ご厚意はありがたいが、私はさほど美食家ではありませんでな、乾聖四郎さんのような一流の庖丁人に腕をふるって貰うなんて、もったいなくて、もったいなくて」

へりくだっているが、明らかに嫌がっている。だが、聖四郎は半ば強引に、

「いやいや、これは江差屋さんからの御礼だからな、頼まれた上は、引き下がる訳には参らぬのだ。それに……活きのいい初鰹や珍しい春鯖などが入ったもんでな。ちょっとばかり自慢したくなったんだよ、はは」

店内にいる客の手前、陽気に笑う聖四郎の好意を無下に断るのもまずかった。久兵衛は本心では気が乗らなかったが、

「いいですなあ」「乾聖四郎といやあ、御公儀お墨付きの新進気鋭の料理を作るお方じゃないですか」「こりゃ、まことうらやましい」

などと客が羨ましがるものだから、久兵衛もなんとか、その気になった。

厨房に立った聖四郎は正直、驚いた。というより愕然となった。大店の割には、あまりにも料理道具や器類がなさすぎる。土間の掃除は行き届いていないし、竈にいたっては使っている様子はない。倹約のため粗末な食事で済ませているという

風情でもない。恐らく食い物に頓着しない性格か、居酒屋や料理屋で済ませているのであろう。

——毒で儲けようって奴だ。普通の暮らしをする訳もあるまい。奉公人も、下っ端の二、三人の他は、みな久兵衛の悪行を知っているに違いあるまい。

聖四郎は台所を見ただけでそう感じた。もちろん、賄い方の人間などいるはずもなかった。が、主人は手代に命じて、火をおこしたり、水を汲んだりしていた。

「江戸の水はうまい。だから、洗いづくりを楽しめるのだが、今日はさっき、届いたばかりのもので堪能していただきたい……ほんと江戸の水は天下一だからね」

とわざとらしく、水という言葉を続けたが、さすがに狸である。久兵衛は顔色ひとつ変えなかった。

春鯖といえば若狭小浜に限る。塩漬けにされた鯖は、俗称さば街道を通って京に運ばれ、鯖鮨として食される。関東の鯖は匂いがきついといわれているが、春鯖は海老などを主食にしているせいか、秋鯖のように脂っこくないので、浜焼きでも旨いし、味噌煮にしてもいいし、汁にしても旨い。

聖四郎は頭ごと内臓を引き抜いて、ざっくりと切り身にした。短冊に切った大根を塩だけで水から煮ると、喉の奥がとろけるような旨さに驚く。上方では、大坂の問屋場の賄い料理として広まった、船場汁として親しまれている。

もちろんシメ鯖は予め作って来ていた。たっぷり塩をして半日かけて水気を抜いた後に、江戸の水道水で洗い、酢と昆布に一刻ほど漬け込んでおいたものだ。

船場汁と一緒に差し出すと、久兵衛は食欲が湧いたのか椀を手にして、ふうふうと息を吹きかけてズズッと音を立てて啜った。

——人の命をいとも簡単にもてあそぶ極悪人でも、食う時だけは、何の腹蔵もない善人の顔になりやがる。

聖四郎はそんな久兵衛のゆるんだ表情を見ながら、

「どうです？　じんわりと腹の底に旨味が沈んで行くのが分かるでしょう」

「ああ。こんなうめえ……いや、うまい鯖の汁は飲んだことがない」

「初鰹も用意してますからね」

と聖四郎は一匹ごと見せつけた。

江戸っ子は、鮪のどんよりした味に飽きた頃、初鰹のすっきりとした味を求めて、まるで祭り騒ぎのように欲しがる。春爛漫の盛りに、駿河湾から江戸にかけて、ほどよく脂の乗った逸品がどっとくる。今日は大漁だったようで日本橋の市場にも、どっさりと水揚げされていた。

生姜醬油で食べるのが最も旨いが、土佐の真似で皮ごとさっと炙って、芳ばしい風味を楽しむのもよい。

「いや……たまらん……」

久兵衛は番頭にも魚や汁を勧めた。番頭は気兼ねをしながらも、「それでは遠慮なく」と恐縮しながら食べた。

――この男が、毒針を使って人の体で毒の効き目を調べたんだ。どうして、こうも人間てなあ、表と裏の顔があるのか。

旨いものを食うという本能に晒された時、心は何処にあるのであろうか。美味を尽くすときに表す人間の綺麗な心が、なぜ金や名誉の欲の前では消えるのであろうか。聖四郎はそう感じると悲しくもあり、切なくもあった。

主人の久兵衛が二口目、船場汁を吸った時である。

「おいしいですか？」

「ああ、本当においしいよ。さすがだ」

「やはり江戸の水がよいからでしょう。それは玉川上水の四谷大木戸脇の〝ためます〟から汲み上げたものでね」

と聖四郎がいった途端、久兵衛がブッと汁を吐き出しそうになった。番頭もほとんど同時に、喉の奥で咳き込んでいる。

「いくらうまいからって、焦って飲んじゃいけませんよ。じっくり味わって下さい」

　わざと聖四郎はそういった。玉川上水に毒を撒いたばかりなのだろう。久兵衛のその態度に、聖四郎は悪事を確信した。

「お代わりはどうです？　どんどんやって下さいね」

「あ、いや……もう結構」

　久兵衛と番頭は椀を手元に置いて、傍らの銚子から燗酒を取って、手酌でぐいとあおった。よほど旨かったのか、ぐいぐいと立て続けに数杯重ねた。

「酒もうまいでしょ？　私が灘から取り寄せている生一本ですからね。でも、その酒は少々……」

「な、なんだ」

「少々、毒を盛っております」

「な、なんだと⁉　ふ、ふざけるな！　どういうつもりだ、おまえは！」

　思わず大声を張り上げて立ち上がった。

「冗談ですよ、旦那。そんな大声で騒がずとも……」

「冗談で済むかッ」

と久兵衛は顔を真っ赤にして怒った。

「仮にも料理人が、そんな戯れ言を言っていいと思ってるのか。もういい。帰っておくれ。何が一流の庖丁人だ。とっとと帰れ！」

と差し出したばかりの初鰹も蹴飛ばして、やくざの地金丸出しで怒鳴り散らした。

そこへ、ぶらりと松蔵が入って来た。眉を寄せて険しい顔をしている。

「誰だい、おまえさんは」

松蔵は黙って、江戸の水道を書いた絵図面と白い袋を差し出した。

「流行り病じゃあなくて、毒だったとはな」

言いながら、腰の十手をちらりと見せた。

「仙台堀要橋近くの土蔵から、ある毒が見つかった。毒草の種を特殊な方法で燻って作るそうだな」

「何のことですかな？」

「惚けなくてもいい。その土蔵は、虎五郎という隠れ賭場の胴元が借りていたが、金の出所はおまえさんだ。いや、言い訳はしねえほうがいいぜ。もう虎五郎とその子分たちは、町方に捕まり、吟味与力様に一から話してるところだ」

それでも久兵衛は泰然と松蔵を睨み返していた。

九

「――乾聖四郎さんよ……あんた、こんな田舎芝居のために、料理まで作ったのかい？」

今度は聖四郎を睨みつけたが、その久兵衛の顔には全く焦りの色がない。松蔵はふてぶてしい輩の扱いは慣れているのであろう。こっちも腹にイチモツを持っていた。

「元毒味役の鬼塚郡兵衛と、おまえは二年ほど前、旅先で出会って意気投合した。毒をばら撒いて、流行り病に見せかけ、解毒剤を売りさばくことを画策。実行は、虎五郎とその一家の者たち。そうじゃねえとは、言わせねえよ」

「いいえ。知りませんな」

「だったら、なぜ、おめえたちゃ、流行り病の患者が来ても、移りはしねえかと心配もしなかったんだ？」

「いいえ。案じておりましたよ」

「だがな久兵衛、肝心の元毒味役が、虎五郎がとっ捕まったら、いずこかへ逃げた。何処へ逃げたか、知ってんじゃねえのか？　そこの番頭と一緒にいた姿は、人に見られてんだ」

「……親分さん。元毒味役とか何とか、私は本当に知りませんよ」

と呆れたような口調になって、「それに、虎五郎ってならず者は、この流行り病の騒ぎが起こってから、うちだけが儲けてるのに腹を立てて、贋薬を売ってると噂を流すと脅しては金をせびりに来てたんですよ。とんでもない野郎ですからね、きちんと締め上げて下さい。何軒もの高利貸しに借りた金を返さずに秘密の賭場を開いてるような、ろくでもない男なんですよ。ちゃんと調べて下さいな」

「心配しなくても調べてるよ」

「だったら、なぜそんな者の言うことを信じて、まっとうな商人の言うことを……」

「黙れ」

松蔵は業を煮やしたのか、「だったら、なぜ、この毒がおまえが借りた蔵にあった！」

久兵衛もここぞとばかりに声を張り上げた。

「きっと私をやっかむ者の仕業でしょうよ。いいですか親分！　私は薬を扱う者ですよ。しかも、流行り病から大勢の人々を助けたのは、この錦宝堂の薬じゃないですか。流行り病の元が何であるかなど与り知りませんが、人の命を救ったのは事実！　あらぬ疑いをかけられる謂われはありませんな！」

「久兵衛、貴様……」

「それとも、どこぞの井戸から、その蔵にあったという薬が見つかったのですかな？」

松蔵は答えに窮したが、聖四郎がスッと立ち上がった。

「見つかるはずはない。毒が見つからないのは当たり前だろう。死人が出た後は、水道の水が勝手に流してくれる」

「いずれにせよ、証拠もない話に、とんだ座興でしたな」

聖四郎はじっと久兵衛を見つめている。射るような目だが、どこか余裕の光がある。久兵衛が怪訝に睨み返すと、

「どうだい？　そろそろ効いてきたかい？」

と穏やかな声でいった。

「む？　何がだ？」

「さっき、おまえさんが飲んだ燗酒には、この毒を入れてある。もちろん、ほっと腹に染みわたった、春鯖の船場汁にもな」

と聖四郎は、幾つかの空の薬袋を見せた。

「う、嘘だ……」

「薬棚の『ん』の字から取ったんだよ。台所から水を汲みにいくふりをしてね。『ん』の文字は大概、毒薬を指すってからな」

久兵衛は明らかに動揺していた。素早く立ち上がると、隣室の仏間に飛び込み、仏壇の下の引き出しから、何やら取りだそうと必死に手を伸ばした。

「な、ない……ない……」

慌てた様子に、番頭も一緒になって、あられもない姿で探し回っている。

「ちっとは、病に怯える人たちの気持ちが分かったかい？」

聖四郎は今度は赤色の薬袋を懐から出して見せた。

「あッ……！」

「解毒剤だろ？　これを萬王丸と称して売ってたんだな」

強く言いながら、全て傍らの土間の火の中に放り込んだ。

「よ、よせ……よせ！」

狂わんばかりに突っかかってくるのを、松蔵が殴り倒した。逃げようとする番頭は、廊下で待機していた松蔵の手下二人に取り押さえられた。それでも、解毒剤をと叫ぶ久兵衛たちに、

「毒なんか入れてないよ。だが、きっちり地獄へ堕ちて貰うぜ。多くの人の命を散らした罪滅ぼしにな」

「待ってくれ。金ならある。おまえたちだって、大金を手に入れれば、そのよさが分かる。正義だのなんだの青臭いことを言うことがバカバカしくなる。世の中、金次第じゃないか。事実、金のある奴だけが病になっても助かる。な、お互い大人になろうじゃないか」

この期に及んでまだ助かろうとする久兵衛を、聖四郎はぶった斬りたかったが、理性で抑えた。

その時である。

「待ちな」

と離れ部屋から現れた男がいる。左手に銘刀肥前忠広を携えた鬼塚郡兵衛だ。

「悪いがな。おまえたちには、ここで死んで貰うぜ」

問答無用とばかりに、ふてぶてしく苦笑いをするやいなや、音もなく刀を抜き払

った。銀刃が空に炸裂した勢いで、松蔵の髷がゆがんだ。

「松蔵親分。そいつらを縛って、早く奉行所へ連れて行け。俺はこいつを……斬る！　侍同士だ。文句はあるまい」

と聖四郎は土間の片隅に立てかけてあった刀を素早く摑んだ。こっちも一文字の流れをくむ銘刀である。二尺七寸三分の長さに反りは一寸二分という深さだ。相手の肥前忠広が直刀に見えてしまうほど、一文字の刀身は反り返っている。払い斬りするには強いが、突き技にはあまり向いていない。

しかし、狭い室内では振り回す剣よりも、突く方が有利である。聖四郎は踏み込んで来られぬよう、柱を盾にしながら、じりじりと土間から中庭に踏み出して行った。

鬼塚も有利な場所は心得ている。外に逃がすものかと鋭く突きを放ってくる。一度、刃を交えた相手だ。太刀筋は知っている。鋭く槍の穂先のように突き出されてくる切っ先を見切りながら、聖四郎は転がるように中庭に飛び出した。

思いの外、足場が悪い。動けば動くほど足の筋に負担をかけることは目に見えていた。聖四郎はおっとりと構えた。その性格ゆえではない。〝おっとり聖四郎〟と彼を知る者が呼ぶのは、その懐の深い構えにあった。肘を張らず、かといって緩めるでもない。中段よりもやや剣先を下に向けた姿勢は、右からも左からも、上からも下からも、突いて入る隙がない。

「のこのこと現れたのは何故だ？」

聖四郎は静かに問いかけた。鬼塚は何も答えず、じりじりと左右にゆさぶりをかけている。その動きに無駄なものはなかった。

「逃げようと思えば、いつでも江戸を去れたはずではないのか？」

と聖四郎は続けた。「こんな所でくすぶっているような腕前ではない。お世継ぎを誤って殺してしまった、その決着をつけたいのではないか？　あるいは毒をばら撒いた罪の念から、死に場所を探していたのか？」

「余計なことを……」

ほんの一瞬、目を細めたが、太刀を振り上げて踏み込んで来た。聖四郎が弾き返そうとするよりも早く、太刀筋は直角に曲がり、真横から払って来た。聖四郎は片手だけで、十文字のように受けた。

鬼塚はニヤリと笑った。唸るような気合いと共に、今度は足を払って来た。すんでのところで跳びすさび、聖四郎はもう一度、中段に構え直そうとしたが、鬼塚は間髪を容れず打ち込んで来る。剛腕である。叩きつけるような剣である。ビシビシと痺れが伝搬する。焼きの甘い刀ならば、折れているであろう凄まじい勢いである。

聖四郎の刀が唸りを上げて弾き返した。丁度、鞭でからめ取るような、しなやかな動きだった。一文字の反りは、袈裟懸けに斬るのに向いているが、逆に構えれば、まるで鉤手の如く鋭利な技を使える。

「キエーイ！」

まさに裂帛の叫びで突き出して来た鬼塚の剣に濁りはなかった。

――人間とはやはり不思議なものだ。かように優れた剣術を必死にやっている時に邪念はない。その一点に集中している。それほどの腕の持ち主でも、なぜ毒を撒くなどという愚かなことをするのか……。

聖四郎の脳裏がほんの少しだけ淀んだ。それを見透かしたかのように、鬼塚は脳天から打ち込んで来た。

「エイッ！」

唸りを生じた聖四郎の一文字は、鬼塚の剣を弾き飛ばした。鬼塚の手を離れた肥前忠広は高く宙を舞って、数間離れた池の側に音を立てて転がった。

その刀が落下する前に、聖四郎は身軽に庭石の上に飛び上がり、剣を失って狼狽する鬼塚の肩に刀を打ち下ろした。何の抵抗もなく鎖骨を折り、肺臓を抉るように斬り裂いた。天を振り仰いだ鬼塚は、声も立てず、噴き出す己の血潮にまみれながら、後ろに転倒した。

「……生きるは一定(いちじょう)……死ぬるも一定……か」

血脂に染まった一文字を袖でぬぐいながら、聖四郎は得も言われぬ虚しさを覚えていた。

その後すぐに――。

事件の全容は明らかになり、志野の証言もあいまって、錦宝堂主人の久兵衛とそれに連なる一味が、「引回之上(ひきまわしのうえ)、磔(はりつけ)」になったことは語るまでもない。

第二話　一粒の銀

一

雪のような灰だった。

やっちゃ場を歩いていた聖四郎は、空からちらちら舞い落ちる白い粉をぼんやり見ていた。

やっちゃ場とは青物市場のことだ。神田の連雀町、雉子町、佐柄木町、須田町、多町が、幕府によって定められた江戸青物五ケ町である。

五町は『幕府青物役所』によって差配され、多町には青物問屋組合の詰所があり、諸国から集まる野菜や水菓子、乾物などを扱う問屋が二百軒あまり林立し、日に数千人の業者が出入りしていた。その屋根や軒も灰で白くなっている。

競り人や買参人たちも、思い思いに見上げている。買参人とは市場の出入りを許されている仲買人や小売り業者のことだ。

聖四郎は、向島で小さな八百屋を構えている政吉に案内されて、青物市場を見物していたのである。

「またぞろ、浅間山のご機嫌が悪いのかもしれねえな……木曽の御岳かなあ」

政吉は人のよさそうなドングリ眼をギョロギョロさせながら手をかざした。

晴れ間の向こう遠くに、富士の勇姿を望むことができる。噴煙を上げている様子はまったくない。

もっとも富士が噴火すれば、江戸はこの程度の灰の被害では済まないが、遥か何百里も離れた浅間や木曽の山からでも、江戸まで灰が飛んでくることは、そう珍しいことではなかった。

「まいったね。これでまた青物が庶民の口から遠のかあ」

何処かでそんな声があがった。政吉も同意するように頷いていた。

天明三年というから、かれこれ二十年近くも前になる。江戸市中一面が灰で埋まるほどの大噴火が浅間山であった。

灰は関東、信州、上州、房州一円に及び、そのため作物は大不作。夏の野菜の相場はどんどん上がり、目を剝くほどの値になったという。その年は奥州も冷害に襲われ、米の値は前年の倍近くに高騰した。

しかし、この江戸では、

初物尽くし——。

と称して、山桃、まくわ瓜、土芋などを大金を払って食する分限者が沢山いたから、まったく江戸とはおかしな町である。

荷車や天秤棒担ぎが肩をぶつけあうように行き過ぎる。その激しい往来の両側の問屋を、聖四郎が一品たりとも洩らさぬ厳しい目で、納涼料理に使う青物を物色していた時だった。

「待て待てエ！」「逃がさぬぞ！」「誰か、そいつを捕らえろ！」

などと騒々しい声が人混みの中で、湧き起こった。人々は振り返ったり、背伸びをしたりするが、市場の喧騒のために声の主さえはっきり確認できない。

突然、聖四郎の目の前に、すり切れた浅葱色の着物を腰にはしょった年の頃、四十がらみの男が現れた。姿勢を低くして籠や桶に身を隠すように、ちょろちょろと逃げている。

一方を見ると、数軒先の軒下を黒羽織の町方同心が血相を変えて、誰かを探しながら小走りで人を掻き分けている。

——獲物は、その男か。

と、聖四郎にはすぐに分かった。薄汚れた顔。通り過ぎた時に漂った臭いは、何日も体を洗っていない饐えたものだった。

聖四郎にとっては赤子をねじるも同然の男であろう。追っ手の同心には縁もゆかりもないが、悪い奴を捕まえるのも武家の出の勤めである。少しばかり追って、後ろ襟をかけようとした寸前、男の腕をグイと引っ張る手があった。

政吉である。

だが、政吉は同心の方へは向かわず、その腕をガッと掴んだまま、近くの炭小屋に押し込んで扉を閉じた。市場の問屋仲間で使っている所である。

「いいな。俺がいいと言うまで、声を上げずにじっとしてんだぜ」

と政吉は扉越しに声をかけた。中からは何も返事がない。行き場を失って、困惑しているであろうことは想像できた。

が、納得できないのは聖四郎である。

「政吉さん。一体、これは……」

「シッ。どうか、ご内聞に」

と政吉は、神頼みでもするように両掌をこすりあわせた。

まもなく、ぜいぜいと息を切らした中年肥(ぶと)りの同心が駆けつけて来た。聖四郎が腰に立派な刀を帯びているのを見たからか、

「貴殿のような御仁がなぜ、やっちゃ場に？」

「いや、俺は庖丁人の乾聖四郎という者。この政吉さんの案内で、旬の菜のものをな」

「庖丁人……？」

聞き慣れないのか少し訝ったが、

「薄汚れた、ちょいと小柄な四十がらみの男が、走って来なかったかい」

聖四郎が、さあ、と惚けようとすると、政吉の方が勢いよく声を出した。

「あっ。その男なら見た。縞の浅葱色の……」

「おお、それだ」

「そいつなら、この先の花房(はなぶさ)という大根をどっさり置いてる店の先の路地を、あっちに走って行きましたぜ」

「まことか！」

「ええ。でも、その先は市場の酉(とり)の口の出入り口になってるから、もう……」

「よし分かった。かたじけない！」

中年肥りの同心は裾をたくし上げると、一目散に路地へ向かって駆けて行った。

向島界隈は宵が迫ると、ぼんやりと軒行灯が連なり、粋な芸者の端唄や三味線の音があちこちで聞こえ始める。

聖四郎は、『季楽』という料亭に呼ばれて、江戸呉服問屋組合一行を相手に腕をふるっていた。夏の風物詩である隅田川の花火の前に、旬の魚菜を堪能させるためである。

もちろん、料亭には花板をはじめ、焼方、盛方、立ち洗い、追い回しなどの職人が、料亭の名に恥じない技と心をもって仕えている。聖四郎は若い者に、将軍家料理番四条流の流れをくむ備前宝楽流料理の一部を伝授するつもりで臨んでいた。といっても、仰々しい祝宴ではない。花火を楽しむ前の腹ごしらえである。今朝方、政吉に選んで貰った青物を生かした納涼らしい料理を心がけていた。

板場はいつにも増して、大きな掛け声や気合いの声、仲居たちとのやりとりに花が咲いていた。これもまた、庖丁人乾聖四郎がそこにいるからである。

——そこにいるだけ。

で、場がなごむ人がいる。聖四郎のおっとりした振る舞いと、その中に秘められた大らかさと強さを誰もが感じていた。

そうなると料理も踊る。

車海老の胡麻塩焼き、アマゴの南蛮漬け、鰻を使った袱紗焼き、鴨肉の蒸しものなどに、市場から運んだばかりの、小芋、蓮根、枝豆、生生姜などを添え合わせ、酒の進み具合に合わせて配膳した。

まだ本当の旬には少々早いが、鱧の白焼き山椒や雄鮑のとろろ汁で夏を楽しませた。塩もみした鮑をおろし金で擦りおろしたものにツクネイモを混ぜ合わせて、出汁でのばしたものが、鮑のとろろである。房州のクロアワビは絶品で、冷水にさらした水貝や肝を味噌にして付け合わせると、鮑好きの江戸っ子は歓喜の声を上げ、酒も進んだ。

「たまらんな」「ああ、江戸の夏はこれでなくてはね」「いやあ、満足、満足」

客たちが、屋根の上の物干し台に移動して、ほろ酔い加減で、打ち上げ花火に興じはじめた頃、聖四郎は後かたづけもそこそこに、季楽からそう遠くない政吉の店に急いだ。今朝方の行いが気になっていたからである。

『八百政』と軒看板を掲げた店は、花街の賑わいも聞こえるような所だった。軒看板といっても、板きれに墨書した簡単な作りのものだ。

灯はとうに消えている。朝が早い仕事であるから当然であろうが、聖四郎はどうしても聞きたいことがあった。青物市場では、なぜあのむさ苦しい四十過ぎの男を匿ったのか、頑として話そうとしない政吉だった。

「おとっつぁんなら、もう寝てますけれど」

板戸をほんの少しだけ開けて、顔を出したのは寝間着に小袖を羽織ったお夏だった。政吉の娘である。少し下膨れの男好きのする唇と目をしていた。

政吉には二人娘がいる。お夏は十九になるが、妹のお春はまだ十四。難しい年頃だが、姉妹二人して、父の家業をせっせと手伝っていた。母親を幼い頃に亡くしているにもかかわらず、

「明るくて元気な姉妹だ、見ている方が元気を貰ってしまう」

と近所の人たちから感心されるほど、可愛い姉妹であった。

もっとも色気づいてきた姉のお夏の方は、聖四郎のことを男として見ているようで、指が触れるのも気になるほど過剰に意識している節がある。聖四郎にもそれが分かっているから、あえて子供扱いすることが多かった。

「寝てるとは思ったが、どうしても確かめたいことがあるんだ。起こしてくれぬか」

お夏はまだ寝ていない。父親と妹の身の回りの世話やら、商売の帳簿つけなど雑用を、灯下でやっていた。

「確かめたいこと？」

「ああ。明日の仕事には迷惑かけないよう、用件を切り上げるから」

「でも……」

お夏はためらった。寝ばなを起こすと、猛獣のように雄叫(おたけ)びをあげることを知っていたからである。

「じゃあ、訊くが、小汚い中年男を連れて来なかったかい？」

聖四郎は年より若く見られるから、中年というには相応しくなかった。お夏も年齢は知らない。聖四郎のことはお兄さんくらいにしか思っていなかった。

「いいえ。誰も連れて帰ってませんよ」

「え？　では……」

娘達に朝市であったことを話している様子もない。聖四郎は不思議に思い腕を組んだ。

「——ちょっと待って下さいね」

お夏は、聖四郎にどうぞと中へ勧めてから、奥に行った。

「おねえちゃん、どうしたの？」

と言うお春の声が聞こえる。

障子戸から、ちょこんと顔だけ出したお春は、こくりと小さく聖四郎に頷くと、子猫のようにひょいと引っ込んだ。

奥の部屋に来たお夏は、もっこりと山のようになっている政吉の寝床の前に立った。暑い夜でも布団にもぐって寝る癖がある。

「おとっつぁん……聖四郎さんが何か話があるって。私、もう寝てるって言ったんだけど」

返事はない。だが、少し妙だ、と感じた。いつもの高鼾どころか寝息も聞こえない。お夏はサッと布団を剝がした。

「あっ……」

そこには寝具が丸めてあるだけで、政吉の姿はなかった。

「せ、聖四郎さん……聖四郎さん！」

狼狽したお夏の声に、聖四郎は勝手知ったるなんとやらで駆け上がって来た。お春も驚いて飛び込んで来た。

「おとっつぁんが……おとっつぁんが……いないんです……」

もぬけの殻の寝床を目の当たりにして、聖四郎の胸に冷たいものが吹き抜けた。

――やはり、何かある。

と嫌な予感が当たったと思った時、お夏が何やら紙切れを布団の中から見つけた。

無学な政吉が、最近始めた手習いで下手くそな文字を書き残したものだった。

『お夏、お春。すこしばかり、きゅうな用ができたので、二、三日、るすにする。しんぱいせぬように。政吉』

とだけ細い文字で墨書されてあった。

「なんなのよ……」

凍りついたままの姉妹の肩を抱えながら、聖四郎もしばし立ち尽くしていた。

二

潮騒が心地よく忍び込んでくる。

朝日が射し込む旅籠の離れ部屋で、政吉は、目の前で飯をがっつく四十がらみの男を、仏のような穏やかな目で眺めていた。

「……なに、じろじろ見てんねや。落ち着いて食べられへんがな」

男は泥棒猫のような上目遣いになると、ひょいと横を向いて、また飯をかき込んだ。磯海苔にめざし、あさりの味噌汁だけであるが、黙々と食べる。

五十過ぎの政吉から見れば、ガキのようなものである。まさに惻隠の情の目で見守っていた。

「よっぽど辛い目にあってたんだねえ……何日も、まともにご飯も食べてなかったんでしょう？」

昨日、青物市場から連れ帰った政吉は、浜町の馴染みの船宿に匿っておき、夜になって小舟で品川宿まで送ってもらい、宿場外れのこの旅籠に泊まらせた。

湯にもゆっくり浸かって汗や汚れを洗い落とし、髭を剃り髷も結い直したから、まるで違う男だった。本当は精悍な顔つきをしているので、政吉もなんとなく嬉しくなった。

「清兵衛さん……でしたかな」

「へっ」

と男は驚いた顔を向けた。しばらく箸を止めていたが、

「清兵衛……誰が、や」

「あなたがですよ」

「いや。わいは……」

何かをためらいながら味噌汁をすすってから、

「まあ、ええわ。どうせ名無しの権兵衛や。清兵衛でも煎餅でも、ええ。好きに呼べばええ」

「前に一度、会ってませんか？　大坂の船場で……もっとも、あなたは覚えてませんでしょうがね」

大坂の船場という言葉にドキンとなった清兵衛は、改めて政吉の顔を見つめ直し、気味悪げに箸を置いて腰を浮かせた。

「おまえ……誰や。ほんまは、お上の回しもんかッ」

「しがない八百屋のオヤジですよ。ほら、多町……朝っぱらから青物市場で会ったんだから、間違いないでしょ？」

「まあ、そうやが……」

「それに、あなたは、私を信じてここまでついて来てくれた。これからも、何があっても、あなたを守りますから、信じてて下さい」

「あ、ああ……」

「それにしても、何であんな所へ」

「さっぱり分からん……橋の下に寝てた俺を、いきなりあのデブ同心が蹴って、『こら盗人、大人しく観念せい』って捕まえられそうになったんや。何のこっちゃ分からんまま、とにかく逃げた。人混みの方が逃げおおせられると思うただけや」

藁にでも縋りたかったのであろう。清兵衛はとっさに庇ってくれた政吉を信じた。その人相が、よく商家や民家に飾られてある大黒様に似ているからかもしれない。

ほっと吐息をついて、二人とも味噌汁を飲み直した時である。

廊下を踏み鳴らす足音がズンズン近づいてきた。清兵衛はとっさに身を屈めた。

「役人かもしれない。早くここへ」

と清兵衛を押入に押しやると、布団を詰め込んだ。贅肉のない、疲れきった痩せた背中だと、政吉は感じた。

いきなり障子戸が開いて、入って来たのはお夏である。

「あ、お夏！　こりゃ聖四郎さんも……！」

聖四郎が後ろから入って来る。二人とも険しい顔をしているので、政吉は愛想笑いをして誤魔化そうとした。

「おとっつぁん。これはどういうこと」

「どういうことって……ほら、まあ、色々とあるじゃねえか」

食膳が二つ向かい合わせである。それをチラリ見たお夏は、どういう訳があるか聞きたいと正座した。

「ねえ、どういうこと！」

「怖い顔するなよ。お夏、おめえもだんだん死んだかあちゃんに似てきたな」

「はぐらかさないで」

「だから……ほら、わしだって独り身でよ、寂しいんだ。たまには惚れた女とよ、湯治にでも行きたいじゃねえか」

「ふ〜ん」

「あ。それより、どうしてここが？」

「船宿の女将に聞いたんだよ」

と聖四郎が答えた。

「政吉さん、あんた、何か困ったことがあると、よく浜町の女将を頼るそうじゃねえか」

「ええ、まあ……」

聖四郎もその女将をよく知っている。猪牙舟を用意して、品川まで渡ったことも承知していた。

「女将さんも案じてる。まさか娘にまで黙って姿を消すとは思ってもみなかったってな。できれば女将と一緒になりたいんだろう？　まんざらでもないみたいだぜ。なあ一体何がどうなってんだい」

政吉が困っていると、押入の中から、プウッと屁をひる音がした。プップッと連発したかと思うと、襖がガタガタ揺れて開き、布団とともに清兵衛が転がり出て来た。

びっくりしたお夏は思わず聖四郎の腕にしがみついた。ぎゅっと握り締める指に力が入る。その指は若い娘にしては、年増のようにざらついていた。毎日毎日、水を扱っているからであろう。

はっと手を放し少しはにかんで、父親に対するのとは違う生娘の顔になった。

「政吉さん。その男は、昨日、朝市で町方同心から匿った奴だね」

と聖四郎が言うと、お夏はえっと意外な顔を向けた。何か強く詰め寄りそうなお夏の背中を軽く押さえて、聖四郎が続けた。

「知り合いだったのか？」

「あ、いえ……」

「お春ちゃんも心配してる。娘たちももう大きいんだ。訳があるなら、きちんと話しちゃどうだい？」

そっぽを向いている清兵衛は、自分とは関わりないとでも言いたげに、今度はゲップをした。お夏はカチリときた。

「あなたねえ。うちのおとっつぁんをどうするつもりなの？　何をしたか知りませんが、うちは泥棒に恵むほど裕福な暮らしはしてないんです」

と言った途端、政吉が腹の底から、怒声を上げた。

「黙れ！　誰が泥棒だとッ！」

商売柄大声は出すが、娘を怒鳴るなど、ふだんはしたことのない政吉だった。お夏はあまりにも驚いて、唖然と見ていた。

「――大声を出してすまん、お夏……」

「おとっつぁん、前にもあったでしょ？　行き倒れの人にご飯を食べさせてあげて、小遣いまで渡したのに、その日に決裁しなきゃならないお金を盗まれた……そんな話は一度や二度じゃない。お人好しも大概にして」

お夏の言葉に政吉はわずかに心がゆらいだようだが、今度ばかりは、簡単に話すわけにはいかないとばかりに頑（かたく）なに口を閉じていた。

「政吉さん。その男、何をしたか知っているのかい？」

「いえ……でも、何をしたかなんて……」

「まあ聞けよ。あれから町方も躍起になって探していたみたいだ。政吉さんが匿ったとは思っていないようだが、下手すると、あんたは咎人（とがにん）を逃がした罪でお縄になる」

「咎人……まさか……」

「蠣殻（かきがら）町の呉服問屋武蔵（むさし）屋に押し入り、手代一人に出刃庖丁で怪我をさせた上で、千両箱を一つ盗んだ二人組の片割れの一人だ」

「そんなの知るかい」

清兵衛がぼやくように言った。

「だったら逃げずに、番所でちゃんと話せば済む話ではないか」

「どうせ、お上のやるこっちゃ。難癖つけるだけつけて、罪もない奴を磔や獄門にするなんてこたァ朝飯前や」

「だから逃げるのか？」

「別にわいはどっちゃでもええわい。この奇特な御仁に連れ回されただけやわい」

ケツを捲（まく）った言い草に、お夏はバシッと父親の背中を叩いた。

「ほら、ご覧なさい。どうせ人様に言えないことをしてきた人なんでしょ！」

「ああ！　そやそや！　別におまえらに迷惑なんぞかけへんわい！　悪かったな！　ほんまゴッツォーさん！」

残りの膳を蹴倒す勢いで廊下に飛び出そうとすると、聖四郎が立ちはだかった。清兵衛は「なんじゃい」と翻って窓から飛び出して、そのまま裏庭を突っ走って行った。

「あ、これこれ！」

政吉が追おうとしたが、元々腰を痛めていたから、立ち上がろうにも勢いがない。あっという間に、後ろ姿が庭続きの雑木林に消えてしまった。それでも必死に止めようとする政吉の姿にほだされて、

「しゃあねえなあ」

と聖四郎も窓の桟（さん）を身軽に越えた。

三

品川宿は江戸四宿（ししゅく）のひとつで、江戸の玄関としての役目を持つ東海道の要である。

大木戸の周りに何人もの宿場役人がうろついているのを、清兵衛は問屋場の荷車の陰からじっと見ていた。着物は政吉が調達してくれたし、草鞋（わらじ）も新しいものをすぐ近くのよろず商いから盗んできた。懐には贋物の往来手形がある。だが、もし見抜かれたら、三尺高い所に送られるかもしれない。

「まいった……どうしたらええんや……」

江戸を離れたとて、行くあてはない。とっさに旅籠を飛び出したのはいいが、

――軽率だったか。

と思った。少なくとも、政吉と一緒ならば余計な詮索はされずに済む。不安が広がった時、ポンと肩を摑まれた。

ヒヤリとして振り返ると、聖四郎が立っていた。

「ほれ見ろ。町奉行所から報（しら）せが来ている。役人を甘くみちゃいけねえなあ」

「な、なんやねんな……」

「政吉は、なぜだか知らぬが、おまえを助けようとしている。それをふいにする気か？」

「……」

「長年、すさんだ暮らしをして来た様子だが、それほど悪い奴とも思えぬ。隠れた

押入で屁をひるとはな、とんだ悪党だ。はは……どうだ、ここは政吉に甘えてみては」

よほど人から痛みばかり受けてきたのであろう。聖四郎の濁りのない瞳にも、素直になれない清兵衛であった。

「清兵衛さんとやら。町方はおまえが人を刺したと言ってるが、あんたは凶器の刃物も盗んだ千両箱とやらも持ってない」

「だから、なんや」

「──俺は政吉さんの目を信じるよ」

清兵衛は疲弊したような溜息をつき、それでも小ずるい目のままで、

「なんでや……政吉とかちゅうおっさんも旦那も……なんで、わいみたいな奴に親切にするんや。それとも親切ごかしに何か企んでんのとちゃうか」

「そんなことはない。困った時はお互い様ではないか。政吉さんとはそういう人間だ」

「出鱈目言いな！　わけもなく人を助ける奴がこの世のどこにおんねん！」

「──やはり上方の出か？」

「そうや。わいはこう見えてもな、五年ほど前までは大坂船場の掛屋の番頭をして

た、清兵衛や」

「掛屋……公儀や大名の蔵物を取り扱ってるという、あの？」

「おう。江戸でいや札差みたいなもんや」

妙に自慢げに顎を上げる清兵衛の顔はどこか憎めなかった。

「その掛屋の番頭が、なぜ……」

「――ま、人にはそれぞれ事情ちゅうもんがあるやないけ。あんたに言う必要はないと思うけどな」

「そうか、人それぞれのな」

聖四郎があっさり身上を探るのをやめたので、清兵衛は却って肩すかしをくらって、

「それにしても、わいはあの八百屋のおっさんなんか顔も知らへん。助けて貰う縁も義理もあらへんで」

暢気そうに立ち話をしているところへ、政吉が息を切らせて追って来た。

「えらいことだ、聖四郎さん」

「どうした」

「こんな所でぼやぼやしてる場合じゃない」

「ん？」

「あのでぶっちょの同心が、聖四郎さんのことを怪しんで追っ手をかけたかもしれないんだ。今し方、宿改めといって、聖さんはほれ有名なお人やから、人相書まで出されて、まるで咎人扱いだ」

「俺の人相書、な……」

「そんな暢気な顔をしないで、この人のことは私に任せてくんな。聖さんは、お夏のことを頼む。あいつ、あの年で、聖さんにはホの字みてえだしよ。よかったら女にしてやってくれ」

親の言う言葉ではない。聖四郎が何か言い返そうとする前に、政吉は青物市場の時のように、清兵衛の腕をしっかり摑んで、裏通りへ向かって行った。

「あんじょうしてや。何がなんでも、わてが上方まで、送って行きまっさかい」

政吉までが上方弁になっている。清兵衛も何やら口を動かしたが、問答無用でそそくさと立ち去った。

向島の『八百政』の店先では、小さな縁台を出して、中年のデブ同心がどっかと腰を下ろしていた。

宿改めがあったり、聖四郎の人相書が出回っているというのは、政吉が自分の手で逃がすためにとっさについた嘘だったようだが、新たな事実が露顕した。お夏と一緒に戻って来たところへ、

「政吉はどうした」

と、渋い顔で十手をこれみよがしに突き出して、北町奉行所の定町廻り同心・佐々木猪之介だと名乗った。

「ついさっき、仕事で品川……いえ、内藤新宿の方へ出かけましたが」

「盗人を連れてか」

「いい加減にして下さいな、旦那。おとっつぁんが何か悪いことでも？」

「おめえの親父が悪いなんて一言もいってねえぜ。だが、ひとつだけつけ加えておく」

と聖四郎の顔もジロリと見据えた。

「手傷を負っていた店の手代だがな……それが元で今朝方、死んだ」

「ええ!?」

聖四郎とお夏は顔を見合わせた。

「只の盗人じゃなくなった。もう立派な、そう立派な人殺しだ。そんな奴を匿えば

どうなるか……分かってるだろうな」

　と、さらに鋭い眼光を放って睨みつけた。

「死罪だ。肝に銘じておけ」

　佐々木は縁台から腰を上げると、のしのしと店先から離れた。しかし、店の近くの路地には、岡っ引らしき姿が何人か見える。いずれも番犬のように舌なめずりしている。

「これ以上、隠し続けるのは無理かもしれんな。手を打たねば、お夏ちゃん、あんたやお春ちゃんも巻き込まれる」

　聖四郎はのこのこ品川宿から帰って来たことを悔いた。しかし、こんなこともあろうかと、品川宿の小料理屋『千歳（ちとせ）』の板前に政吉たちを尾けさせていた。

　板前は幸助（こうすけ）という、三年程前、聖四郎のもとに修業に来ていた男である。元は宿場役人の下で御用聞きの真似事をしていたから、尾行には慣れていた。

「それにしても……武蔵屋に入ったのが、本当に清兵衛なら、仲間がいたはずだ。でないと千両箱など一人で持ち逃げすることなどできない。そいつのことが気になるな」

その夜――。

浅草橋の蔵(くら)町で悲鳴が起こった。築地塀(ついじべい)に沿うように必死で逃げる小さな人影を、太刀を抜き払った大きな影が追っている。

「ひ、ひええ！　誰か、誰か助けてエ！」

つんのめるように逃げる男の顔が、川面に跳ね返る月明かりに浮かんだ。まだ若い遊び人風だが、恐怖に頬がひきつって目は異様なまでに見開かれていた。

小石にけつまずいたのか、若い遊び人はたたらを踏んで掘割(ほりわり)に落ちそうになり、柳の木にしがみついたが激しく転倒してしまった。

「そこまでだ、蓑吉(みのきち)！」

蓑吉と呼ばれた遊び人は、物凄い勢いで追って来た総髪の浪人にバサリと一刀を浴びせられた。背中を肩から腰まで斬られ、藍染めの着物が裂けて血が滲み出たが、受けた傷はまだ浅かった。

「ま、待ってくれ、岩木(いわき)様！　俺はそんなつもりはまったくなかったンだ！　本当だ。勘弁してくれ！　あいつが悪いンだ。清兵衛が、清兵衛のやろうが！」

腰を地面についたまま、蓑吉は額の前で手を合わせて懸命に命乞いをした。

「やめてくれ……こ、殺さないでくれ……」

無言のまま刀を引いた岩木に、少し心安らいだのか、ほっと息をついた。その蓑吉の喉仏を、浪人はシュッと一瞬のうちに切っ先で突き抜いた。

「あ、あぐ……あぐッ……」

声を発せられず、蓑吉は無念そうな顔で柳にもたれたまま息絶えた。だらりとなった袖をまさぐって、岩木は一巻の小さな巻物を取り出した。さらりと開いて、月明かりで中身を確かめると自分の懐に入れ、蓑吉を掘割に蹴落として、何事もなかったように来た道を戻った。

町木戸はどこも閉まっている。岩木と呼ばれた浪人が辻番や橋番に怪しまれないように、空き地や抜け道を通って、日本橋二丁目の両替商辰巳屋を訪ねた時には、すっかり月も西へ傾いていた。

江戸には三百軒ほどの両替商があったが、近在の同業に比べても、情けないほど小さな店構えであった。

辰巳屋の奥座敷には、主人の金右衛門が行灯の明かりのもとで待っていた。ろくに体も動かさず贅沢三昧の暮らしをしているのであろう。恰幅のよさだけはまるで豪商だった。

「うまくいきましたかな？」

風邪でもひいているような嗄れ声だ。岩木が蓑吉から奪い取った巻物を手渡すと、辰巳屋は喉の奥で切れない痰が絡んだような笑い声を上げて、満足げな笑みを浮かべた。

「ぐほほほ。これです、これです……」

巻物には、辰巳屋が正業ではなく、裏で密かに金を貸しつけた相手の名前がずらり記されていた。大工、植木屋、鋳掛屋、研ぎ師など、ほとんどが職人であった。

「世の中、金を借りてはとんずらする奴が多いが、こいつらはバカ正直に法外な利息を払っていた奴らだ……本当にバカだねえ。いつまで経っても元金が減るどころか、どんどん増えているのに」

返済に困っている連中の名簿なのである。

「しかし、蓑吉の奴、こんなものを盗んで何をする気だったのであろうな。借金の証文は、この店にちゃんとあるのに」

「町奉行所に直々訴え出て、私が裏でしていることを暴露しようとでもしたのでしょう。いずれにせよ、バカはバカなことしか考えつかないようですな。ぐほほ」

今頃は、蓑吉の死体も掘割から、大川に流れ出ていることであろう。そのまま江戸湾で魚の餌食になれと、辰巳屋は願っていた。

「ところで、清兵衛の方も……」

「ああ。きっちり追っ手をかけてある」

岩木の異様に突き出た頬骨が、飢えた獣が唸るようにゆがんだ。

四

政吉からも、追った板前の幸助からも何の知らせがないまま、丸二日経った。聖四郎は居ても立ってもいられなくなり、やはり二人を追おうと旅支度をしていた。

東海道に限らず、街道という街道の主な宿場の本陣や脇本陣、問屋場や大きな料理屋には、備前宝楽流庖丁人・乾聖四郎の名前は知れ渡っている。修業のため諸国遍歴をした時に、懇意にして貰った大名や豪商もいる。

聖四郎は飛脚を使って、とりあえず川崎(かわさき)から小田原に至る宿場の知人に、政吉たちの身柄の保護を頼んでいた。お上に捕まれば面倒だが、それ以上に、何か事件に巻き込まれたら取り返しのつかないことになる。

旅慣れている聖四郎である。三、四里も歩けば草鞋はすぐだめになるから、何足も用意してあった。

まだ夜明け前だった。仮住まいの裏店の木戸口を出ると、お夏が立っていた。

「お夏ちゃん……どうして……？」

「昨夜も遅くまで、行灯がついていたから、ひょっとして、と思って……」

「え？」

「おとっつぁんのことを心配してくれてたんでしょ？」

「ああ」

「聖四郎さんとはそういうお方です」

と微笑んで、「私も一緒に、いいですよね」

「店はどうする。政吉さんのいない間、お夏ちゃんが切り盛りしないと」

「それは、お春がきっちりやってくれます」

「しかしな、お春ちゃんはまだ……」

「いいの！」

お夏は聖四郎よりも先に歩き出した。その強引な仕草には呆れたが、

「おいおい。あてがあるのか？」

「ないです。聖四郎さんについていくだけです」

無謀なのか出鱈目なのか……聖四郎には若い娘のやることが理解できなかった。

「おとっつぁんより、ずっと無茶をするなァ」

苦笑しながらも聖四郎はお夏の手をそっと引いた。まるで夫唱婦随の旅姿であった。

幾ら元気だといっても、旅慣れていないお夏には一日かけても江戸からわずか四里半の川崎宿まで来るのがやっとだった。何度か茶店で休んだが、お夏の足の指には小さな肉刺(まめ)ができていた。

政吉たちが何処まで行ったか知らないが、このままでは到底追いつくことはできまい。

川崎宿は大山詣(おおやまもう)でや大師参(だいしまい)りの善男善女で溢れていた。宿場の通りでは、旅籠や木賃宿の客引きが寄って来る。江戸で料理文化が開化していたから、宿場町でも美味(うま)い料理を出すことを売りにする宿も増えていた。

本当は神奈川(かながわ)宿か程ヶ谷(ほどがや)宿まで足を進めたかったが、諦めるしかなかった。

川崎宿の夫婦橋の近くでも、聖四郎の知り合いが料理宿をやっていた。だが、会えばまた庖丁道の話になる。お夏のことを話すのも面倒だ。大きめの旅籠を選んで入った。

「は～い。若ご夫婦様、いらっしゃいましたア。よろしくお願いしま～す」

と呼び込みが宿内に声をかけると、下働きの娘が盥水を運んで来た。ほんのりぬるめの湯である。足を洗って疲れを落とすと、二階の奥の部屋に案内された。控えの間があり、欄間のしつらえも上等で贅沢な造りである。

ありきたりな料理だったが、聖四郎はお夏がはしゃぐのを見ながら食べていると、事件のことが遠くになって、ほんとうに物見遊山をしている気分になってきた。

「いかんな、お夏ちゃん。おとっつぁんが一生懸命、人助けをしてる時に、こんな」

「いいんです。これでも散々父親孝行してきたんだから、たまにはね」

「父親孝行、な……そういえば、八百屋の仕事は辛いだろう」

「もう慣れっこですよ。私、五つの時に、おっかさんを労咳で亡くしたから、生まれたばかりの赤ん坊のお春を背負わされてね……その頃、おとっつぁん、なんだか毎日、泣いてた気がする」

お夏は急にしんみりとなって身の上話を始めた。

「泣いてた？　あの政吉さんが？」

「私はまだ小さかったから、よく覚えてないけれど、おっかさんが亡くなって辛かったんでしょうね。その頃は……大坂で、油の行商をしてたらしいけれど」

「大坂……ひょっとして、その頃の知り合いなのかな、あの清兵衛とやらは」

「さあ。でも、江戸に来てからは、なぜか人が変わったみたいにね、とても頑張ってた。世の中におとっつぁんみたいに働く人はいないって思ってた」

しみじみと思い出すような遠い目になったが、ふいに暗い顔になって、

「聖四郎さん……私、お婿さん貰うんです」

「え？」

唐突だった。政吉からもそんな話は聞いていない。

「青物市場で働いてる吾市って人です。私、そんなに好きじゃなかったんだけど、とても優しくしてくれるから……その……体も許してしまったんです」

聖四郎としては何とも答えられなかった。

「どうせ私は長女だし、いずれおとっつぁんの面倒もみなきゃいけない。お春も嫁に出さなきゃいけない。だから、私……」

声が軟らかくなって、滴のようなはかなさを帯びて、聖四郎の前に崩れてきた。

本当は聖四郎のことが好きだった。と消え入る声で言った。だが、由緒ある武家と

しがない町人の儚(はかな)い恋だと諦めていた。

「でもね……聖四郎さんに一度だけでいい。抱いて貰いたい。そしたら私……これからの長い一生、ずっと元気で生きていける気がするの」

娘なりに必死に求めたのであろう。お夏の瞳には一点の曇りもなく、素直で綺麗な顔だった。聖四郎は、その美しいままでいることを望んだ。

「お夏ちゃん、俺はこんな風来坊だ」

「そんな……全然違うわ」

「自分を卑下するつもりは毛頭ないが、お夏ちゃんのような純な娘に惚れられるほど、立派な男じゃない。おっとり聖四郎などと呼ばれているが、心の奥じゃスケベなことも考えるし、ずるいことだってする。政吉さんのように、来る日も来る日も、汗して娘を育て上げるような性根なんぞないんだよ」

「………」

「その吾市って人も、きっと働き者で……」

言いかけたその唇を、お夏は両手でふさいだ。その掌はほんのり柑橘の匂いがした。それがお夏の香りだった。

「——何も言わないで……」

聖四郎はお夏の真剣なまなざしに、押し返すのがはばかられるのだった。

五

同じ川崎宿の外れ、六郷川の渡しあたりを行きつもどりつしている政吉と清兵衛の姿があった。

役人の出が多いので街道を離れ、漆黒の闇にまぎれて丹沢の方へ進み、甲州へ迂回して、中山道から上方へ向かう道を選ぼうとしていた。

だが、誰を見てもお上の追っ手に思えて、やむなく戻って来たのであった。

「あかん。向こうもお宿改めや……」

旅籠を覗いて回る六尺棒を持った宿場役人に出くわすたびに、逃げ惑い、やむなく野宿を選んだのである。

夏でも河原の風は冷たい。

燻る焚き火の前で、握り飯を頬張っていた清兵衛が突然、政吉に食いかけの飯を投げつけた。

「アホくさッ。なんで、こんな事、せんならん！」

「これこれ、バチがあたりますがな」

「おまえさん。俺になんの怨みがあって、こない渡世人の急ぎ旅の真似事すんのや？」

「ほなら……奉行所へ恐れながらと出向きまっか？」

と政吉は、飯粒を集めながら振り返った。

「アホぬかせ。誰がッ」

「――もったいないことしたら、あかん。米粒には、お百姓さんの汗と涙が……」

「じゃかあしい！　説教はたくさんや。なんで、おまえが……」

と、言いかけた清兵衛の顔がギョッと凍りついた。

「消せ、消せ……！」

焚き火を踏みならしながら、清兵衛はぼうぼうと伸びた葦原に隠れようとした。

土手の方から、数人の人影が闇の中で蠢（うごめ）いているのがかろうじて見える。

「待ちな、清兵衛」

政吉の方が驚いたが、あっという間に駆けつけて来た数人のならず者に、

「何ですねん。人違いとちゃいますか？」

と言い終わらぬうちに、問答無用に殴り飛ばされていた。転んだ弾みで、河原の

石で背中をしたたか打った。

「清兵衛。俺たちからは逃げられないと言ったはずだ。さっさと借金返ェしな。この虫けらがッ。返ェせねえなら……」

頭目格の印半纏の男がそう凄むのへ、政吉がむっくり起きあがって、くすりと笑った。

「何がおかしいんだ、てめえ」

「これが笑わずにいられるか。虫けらはおまえらやないかッ」

と威勢のよい声を張り出した。

「なんだと！」

やくざ者たちは帯に挟んである長脇差の柄に手をかけた。次の瞬間、政吉はかつて見せたことのない、ドスのきいた声でじろり睨みつけた。

「やれるもんなら、やってみんかい！　その印半纏は江戸浅草の金山一家のもんとちゃうのかい。エッ！」

腹の底から唸り出すような迫力に、びっくりしたのは清兵衛だった。

「俺は、向島の八百政や。金山一家は浅草花川戸の大親分の舎弟やないけ。だったら、俺の名前くらい聞いたことあるだろ」

「……」

「俺は大親分とはちょっとした仲や。破門されとうなかったら、その刀を引け」

頭目格はじっと政吉の重く鋭い目を見ながら言った。

「――こっちもガキの使いじゃねんだ。手ぶらで帰れるかッ」

政吉は懐から、財布をぽんと投げ出して、ぞんざいに、

「十両ほど入ってる。大親分宛てに、書きつけでも持たしてやろうか？」

頭目格は金を懐にしまって、

「今日のところは見逃してやろう。だが、これで終わったと思うなよ、清兵衛。おまえは地獄の底まで追われる運命にあるんだ」

やくざ者たちは、足に絡みつく濡れた下草を苛立たしげに蹴りながら、街道の方へ去って行った。清兵衛は冷や汗をぬぐいながら、政吉を見つめ直した。が、

「ああ、びっくらこいた」

と政吉はどっと疲れたように腰を落として、

「ほんとは、浅草花川戸の大親分なんか、顔も知らんさかいな」

「……なんやねんな」

清兵衛は急に背筋がゾッとなった。

「おまえ、命が惜しゅうないのんか？」

「そんなことより、清兵衛さん」

と政吉は真顔になって、「命を取られるほどの借金をしてまんのか？」

「ああ……あの一家から三百両もな」

「そんなに⁉」

「その他にも、高利貸しやら質屋やらに、五百両以上の借金があるんや。利息がついて、その倍にも三倍にもなる。そんな大金、まともに働いて返せるか？」

政吉は平然と答えた。

「やれば、できまっしゃろ」

「ふん。たかが八百屋に何が分かる」

「分かりま」

「ほなら……ほなら五百両、いますぐ用意してみい！」

「………」

「ほれ見てみい。できもせんくせに、偉そうに言うな」

「五百両は無理でも、四、五十両なら何とかなりま」

「ほんまか⁉」

清兵衛はつかみかからん勢いで身を乗り出した。

「それを五百両、千両にする努力をするのなら、お譲りいたしまひょ。あんたは仮にも、大坂で指折りの掛屋の番頭だったお人や。それくらい、できまいでか」

「ははん……」

清兵衛はまた疑り深い目になって、「俺に金を貸しつけるのが、おまえの狙いだったちゅうわけや。八百屋のくせに悪どいやっちゃ。わいは大坂なんかに帰らん。帰るもんかッ。もう放っといてくれ！」

と、いきなり渡し場に向かって走り出した。

「ちょ、ちょっと待っとくなはれ……清兵衛さん。清兵衛さん！」

どんどん距離が離れていく。そして闇の中に消えてしまい、遠くで何やら物音がすると、舟の櫓を操る音がし始めた。どうやら、係留している舟に勝手に乗って、川の沖へ漕ぎ出したらしい。

「清兵衛さんッ……清兵衛さん！」

政吉の呼び声は空しく闇に吸い込まれていた。

清兵衛が川役人に捕まったのは、その明け方のことである。

渡し舟を盗んだ咎で捕縛されたのだが、江戸町奉行所から殺しの疑いで手配りされている罪人だと分かって、すぐさま江戸に護送された。

縄で縛られた清兵衛は、北町奉行所同心の佐々木猪之介の手によって、大番屋で竹でぶっ叩かれていた。

本来なら、小伝馬町の牢屋敷穿鑿所で吟味与力が立ち会いのもと行われる。死罪に相当する罪を犯した者には、白状させるために笞打ち、石抱せ、海老責め、釣責めの四種の拷問をしてよいことになっていた。

だが、まだいわば予審段階である。佐々木は上役の吟味の前に、充分な証拠を得ておきたかったのだ。

「てめえがやったのは先刻承知なんだ。さっさと吐きやがれ」

「そう怒鳴りなや。こっちは疲れてんだ」

と清兵衛に反省の色はまったくない。

「なめてんのか！　てめえ！　盗み殺しをしといて何だ、その態度は！」

「じゃかあしい！　殺したいなら、能書きたれんとさっさとこの首、刎ねたらどや！」

佐々木はでっぷりとした腹を突き出して、

「ああ。望みどおりしてやるよ。だがな、その前に、盗んだ千両箱の行方を聞こうか」

「知らんなあ、そんなもんは」

ひょっとこのように口を突き出して、清兵衛は横を向いた。

「なら、何故、蓑吉を殺したのだ？　分け前でもめたんじゃないのか？」

「蓑吉？　殺した？……なんのこっちゃ」

バシッ——！

いきなり清兵衛の肩に竹が食い込み、鎖骨に激しい痛みが走った。清兵衛は大袈裟にワアワア泣くようにわめいた。

「いててて、骨が折れるがな、こら」

「首を刎ねろと言う奴が、骨の心配をするのか？　よおく聞けよ。蓑吉はな、バッサリ斬られて殺されてた。その上で大川に流されていたんだ」

「知らんちゅうてるやろ！」

すっとぼけたように吐き捨てた清兵衛を、佐々木は口を一文字に噛みしめながら打ち続けた。そのたびに、悲鳴は大番屋の表通りにも残酷に響き渡っていた。

「黙れ悪党！　おまえが盗人仲間の蓑吉を殺したのは明白なんだ！」

そこへ、ガラリと表戸を開けて、飛び込んで来たのは政吉である。川崎宿で捕縛の噂を聞いて、飛んで帰って来たのだった。小伝馬送りになる前でよかったと政吉は、佐々木にしがみついた。

「旦那に申し上げます」

「なんだ、なんだ。お取り調べ中だぞ」

「清兵衛さんが仲間を殺したというのは、いつ、どこで起きたことでございますか」

政吉は丁寧に膝をついて尋ねた。

「検分では……先おとといの子(ね)の刻、斬られた場所は浅草橋の……」

「だったら清兵衛さんではありません。その日は私と一緒に品川宿から、東海道を西に向かっておりました」

「なんだと？　つまりは死罪覚悟で下手人を逃がしたってことか」

と佐々木は険しいが、意外な目を向けた。

「……清兵衛さんは、下手人ではありません。人殺しなんて、そんな……」

縄で縛られて鴨居からぶら下げられている清兵衛を見上げて、政吉は涙顔になった。

「何を言ってるんだ八百政。こいつはさっさと首を刎ねろと開き直ってる。罪を認めてるんだよ」

「いいえ。それは……それは……借金を返せなくて自棄になっているだけです」

と咄嗟に嘘をついた。

「借金のことなら、こっちも調べてる。金に困って武蔵屋に押し入ったのは間違いないのだ。頬かむりこそしていたが、店の者も身なりや体つきが清兵衛だと証言しておる」

「他人の空似でしょう。私と昔馴染みの清兵衛さんは、私が江戸向島で商いをしていると知って訪ねて来てくれたのです。私の知り合いの船宿で休んで貰って……それから、一緒に上方に。私も元は大坂の者ですから、いずれはまたと思い、世話になってたところなのです。この人は、大坂の掛屋『えびす屋』の番頭さんです。疑うなら、よく調べて下さいまし」

政吉は必死に訴えた。半分は嘘だが、殺しに関してはやっていないのは事実である。だから懸命になれたのである。その姿勢に佐々木は意外にも、優しい声になった。

「——掛屋の番頭が橋の下で寝てるか。だがな政吉……たしかに、殺しはしてねえかもしれねえ。川崎ではおまえも一緒だったらしいからな」

「へえ。そのとおりでございます」

「だがな、盗みの方はまだ片がついちゃいないのだ。拷問はやめるが、しばらく番屋で預かる。じっくり本当のことを聞くためにな」

「ありがとうございます」

「しかし、もし全てが嘘なら、おまえさんの首も飛ぶ。承知の上だろうな」

「へえ。もちろんでございます」

落ち着き払って頭を下げる政吉を、清兵衛は何ともいえぬ情けない顔で、じっと見つめていた。

六

その夜――。

厠に行った清兵衛が、見張りの隙をついて逃げたと報せが入った。自宅で心配していた政吉は、

「またか……」

と、さすがにどっと疲れた様子で、冷や酒を舐めていた。

聖四郎とお夏も、川崎宿で清兵衛が役人に連行されたと知って、急いで向島まで戻って来ていた。板前の幸助の尾行が功を奏したのであった。

大番屋から逃げたことも、さほど案じていない。やはり知り合いの下っ引に金を握らせて、清兵衛を見張らせていたからである。逃げ癖のある者は必ずまた逃げる。聖四郎はそう踏んでいたのであった。

さらに、政吉が清兵衛の弁護をしたことを聞いて、聖四郎はますます二人の関わりが気になっていた。

「どうやら、昔馴染みというのは、本当らしいな」

「へえ……」

「言いたくないことなのか？」

「……軽率だという誹り(そしり)を受けるのは、仕方ないですな……わしも少々配慮が足らなかったかもしれない……ああ、番屋から逃げたりしたら、また罪が重くなる……」

我が事のように案ずる政吉の姿は痛ましくもあったが、お夏、お春にとってはまったく理解の外だった。だが、悪いことをする父親ではないことはよく知っている。

むしろ、仏のような慈悲のある人だということを。

だが、そのために損ばかりしているのを目の当たりにしてきたのも事実だ。お夏たちが心配して文句を言っても、

「まあ、いいじゃないか。俺が損すりゃ済む話だから」

とか、

「わしが泥をかぶりゃ、それで丸く収まるんだから、いいじゃねえか」

などと言って飄々としている。聖四郎もそんな政吉に惚れていたし、新鮮な菜物を選ぶ目の確かさも信頼していた。とはいえ、死罪になるほどの者を庇うとなると、娘たちの立場や行く末にも影響を及ぼす。熟慮が足らないことを諭してやるのが、友人としての聖四郎の思いであった。

聖四郎は久しぶりに、政吉と二人だけで酒を酌み交わした。

「娘たちに聞かれちゃ困る」

と政吉の方から誘って両国までぶらぶら歩き、てんぷらの四文屋に腰を落ち着けた。何でも一串四文という安さで食べさせる屋台である。

目の前で、白身魚、あなご、貝、するめなどを水と小麦粉にまぶして、さっと油で揚げる。さくさくの熱いてんぷらは、酒に合うとはいえないが、ほどよく腹に溜

まって、気持ちを落ち着かせてくれる。

政吉の差し出すぬるめの燗酒を受けて、聖四郎はぽつりと話を切りだした。

「盗まれた千両箱の行方が分かれば、事件の全容もはっきりすると思うが……それより政吉さん、どうして、清兵衛という男に、そこまで肩入れするのだ？」

「へえ……」

「何か、弱みでも握られているんじゃないのか？　お夏ちゃんも、それを心配してる」

「そんなことはありやしませんよ」

「――これ以上、あんたに危ない橋を渡らせたくないんだ」

「聖四郎さん……」

小さく頷く聖四郎に、政吉はもう一度、銚子を傾けた。清酒のような透き通った目になって、ぼそぼそと語り始めた。

「聖四郎さん――命の恩人、なんです」

「命の……」

誠実そうな顔でしっかり頷く政吉に、聖四郎は銚子を傾けた。

「命の恩人とは、これまた……」

「へえ。十年一昔といいますが、お夏が四つか五つでしたから、もう十五年……女房のおちかの腹の中に、お春がいた頃でした……」

大坂の天満は、天満宮と淀川で栄えた上方の中心地で、古来、商業的にも文化的にも栄えた土地柄だった。秀吉がこの地に『帝の御所』を作ろうとしたことがあるほどで、近松や西鶴とのゆかりも深い。

大店がずらりと並び活気に満ちた中で、政吉は、生駒屋という油問屋の下請けで、業者相手の油の量り売りをして暮らしていた。一生懸命、働きに働いた。そして、おさな馴染みのおちかと祝言を挙げたのを機に、生駒屋から暖簾分けという形で小さな店を出すことができた。

「その新しい看板を見上げて、おちかが嬉しそうに笑ってたのを、今でも時々、思い出すんですわ。ですが……」

政吉の顔が翳りを帯びてきた。

「わし、これでも、生まれつきおっちょこちょいでしてな、知人に頼まれ事をされたら嫌とは言えず、高利貸しから借りてでも、利息なしで困ってるもんに金を貸してやってたんです。なんのこっちゃない。後で考えれば、ええ恰好したかっただけなんやけど」

「……」

「その利息の穴埋めは、自分の商いからなんとかしてましたが……そんなこと長いこと続くわけがない。終いには、借りた金を返さずに夜逃げする奴が増え、にっちもさっちもいかなくなって、店はすっかり信用を失っちまってね」

「……」

「誰もに見放されて、借金だけ背負うて、天満からも追い出されて……そりゃ、世間というのは冷たいもんでっせ。金があれば寄ってくる。商売がうまく運んでるときは、よいしょばかりする。でも、家業が傾いた途端、貧乏神扱いや」

やくざ者が毎日押し掛けて来ては、店の中を叩き壊し、女房や子供にまで危害を加えようとしたという。

日に日にささくれだっていった政吉は、女房のおちかに当たり散らすようになり、近所の目もはばからず暴力もふるうようになった。

「じゃかあしい！　そんなにわしが気にいらんのなら出てけ！　このどアホ！　昼間っから酒喰らってどこが悪いねん！　はよ酒、買うて来い、酒！」

怒鳴りつけて蹴り飛ばしても、おちかはじっと堪えて、泣きながら壊れたものをひとつひとつ拾っていた。それどころか、縫い物の内職をしたり、心斎橋の小間物屋や古道具屋で働いたりもしていた。

それでも、政吉の酒浸りの日々は治まらず、本物のやくざ者と喧嘩三昧。元々、

「天満は俺の縄張りや」

と極道顔負けの腕っ節が強い政吉だった。もう怖いもの知らずになっていた。

「滅茶苦茶でした……借金は増える一方、とうとう死ぬしかない。そうなりましてな」

冬の寒い夜、政吉とおちかは身投げしようと、船場の土佐堀川まで来た。幼いお夏は道連れにするに忍びなく、知り合いのうちに置き去りにした。

雪が海風に乗って吹きつけて来る中、二人は着物の上から紐で体を縛り、足をくくり、懐や袖に沢山の石を詰めた。

「ほんまに、ええんやな」

おちかは力なく小さく頷いた。

「すまんなあ……わしみたいな甲斐性なしの男と一緒になったばっかりに……散々、おまえに苦労かけて……すまんのう……」

真夜中とはいえ、土佐堀川沿いはさすが大坂の台所といわれた所だ。料亭や料理屋の軒がずらりと並んでいる。賑わいの音こそ風で消されて聞こえないが、ぼんや

り赤や橙色にともっている灯りが、雪の中で生きている弱々しい蛍のように見えた。

「すまん……すまんな……」

――どうせ生きていたところで、ろくなことはない。もう思い残すこともない。

土佐堀川はそのまま淀川に続いている。溺死したら、二人は大坂湊まで流れてゆくに違いない。はかない命やったな……そう思いながら、政吉とおちかは意を決して、難波橋から飛び込もうとした。

その時である。

「ちょいと、おたくら」

と暢気そうな声が、背中をなでるように聞こえた。おちかは暗い川面に目を向けたままだったが、政吉は思わず振り向いた。

毛羽織の上から厚手の丹前をかぶるようにして、若旦那風の男が橋の袂に芸者を二人連れて立っている。黒八丈の掛襟が雪で白くなっていた。少し千鳥足で、ふらふら二人に近づいて来ると、おかめのようにふざけて頬紅を丸くつけているのが見えた。

それが、清兵衛だった。

「おふたりさん……死ぬのは、よくよくの事情があんのやろう。そやけど、死ぬ前に、〝けつねうろん〟の一杯でも食うたらどうや、え」

と巾着から粒銀を、無造作に政吉の足元に放り投げた。

五匁の銀の小粒はころころと面白いように転がって、丁度、政吉たちが脱いだ雪駄にあたって軽く跳ねた。

「な、なんやね！　わしら物乞いちゃうど」

馬鹿にされたとカチンときた政吉は、とっさに悪態をついていた。

「おお怖わ。その元気があれば大丈夫や。せいぜい、きばりィや。ハハハ」

清兵衛は涼しい顔で芸者たちと縺れるように橋を渡って行った。

「ド阿呆！　人をからかいくさって！」

一瞬にして火照った顔に、雪がべたべたついてきたことを、政吉は今でもはっきり覚えているという。

「――無性に腹が立ちましてね」

と、政吉はてんぷらの追加を注文しながら、空になった銚子もおやじに頼んで、

「無性に腹が立ったものの、その足元の粒銀を見ているうちに……腹がぺこぺこなのに気づきましてん」

二人は縄を解いて粒銀を拾い、今生の思い出にと、たまたま目に留まった屋台の

うどん屋の暖簾をくぐったという。

「とにかく食うてから死のう。そう思って食ったんです。妙に、うまい、あっつぃうどんでしてな。そしたら……なんでか、生きたい気持ちになってきまして」

政吉はその時の女房の顔を思い出したのか、急に涙をこぼして、

「おかしなもんでね、ついさっきまで死にたいと思ってたのが、生きたい、女房やお夏のために生きなきゃならない。そう思うようになったんです」

聖四郎は同情の目で頷いた。

「腹が減ったと思った時から、死神が離れたのだよ」

「へえ。うどん食べて残った金で、翌日、お初天神で富くじを買ったら、二両も当たった。おまけに、おちかの腹には、やや子が、お春が宿ってたと分かった。通りすがりに五匁銀を恵んでくれたのは、天神様じゃないか。そう思ったくらいです」

「……………」

「粒銀をくれたのが、北船場の掛屋の清兵衛さんだとはっきり知ったのは、しばらくしてからのことです。清兵衛さんのいる店の前を通るたびに、頭を下げました」

二両で急場をしのいだ清兵衛は、元手のいらない口入れ屋を始め、恥も外聞もなく仕事に精を出した。夫婦して汗みどろで働いたという。

それで少し目処がついた時、心機一転、江戸に出て来た。

「江戸は大坂以上の食の都だ。菜物は一日一日が勝負だから、頑張ればなんとかなる。そう思って、ボテ振りから始めたんですわ」

「色々苦労をしたんだな」

「すべては己が蒔いた種です。でもね……あん時、清兵衛さんの粒銀がなかったら、今のわしら親子もない。八百政もないんですよ」

それはひとつの縁だったのかもしれない。だが聖四郎には、凶運を幸運に変えたのは、政吉自身の心にあると思えた。

「だがな……罪を犯した者を逃がしたところで恩返しになるかな？」

「分かってます。でも、今のままでは清兵衛さんには救いがありません。捕まっても裁かれても、みじめな思いしか残らない」

「みじめな思い……」

聖四郎は政吉の顔を覗き込んだ。

「ええ。わしが死ぬ気になった頃と同じなんですわ。そやから、なんとかして清兵衛さんに、わしが立ち直った時と同じ気持ちになって欲しい。それから自訴して、心から悔い改めて欲しい」

「しかし、清兵衛はまた逃げた……庇えば庇うほど、政吉さんあんたの立場も……」

「覚悟の上ですよ。あの人の恩義に報いるのは、そうでもするしか、ないんです」

胸を張って断言する政吉を、聖四郎はすがすがしく見守るしかなかった。

「それにしても……」

と今度は、聖四郎が酒を勧めて、

「そんないい話、なんで娘さんたちに話してあげないんだ？」

「あかんあかん」

と政吉は、また上方言葉になった。

「いい話なんかじゃありまへんで。そんなん、親の恥や。江戸に出て来てすぐ女房は病で死んでしもうた。そんな母ちゃんに苦労かけた話なんかしたら、お夏もお春も家を飛び出てしまうがな」

「そうかな？」

「聖四郎さん。あんたかて、隠し事の一つや二つあるでしょうが」

「俺は、別に……」

「お夏とのことだって」

意味ありげな目を向けて、妙に爽やかな顔で微笑んだ。ひょっとしたら、川崎の旅籠でのことを勘づかれたか。

「自分の娘のことでっせ。パッと顔を見ただけで、何がどうなったか、分かりまんがな。大人同士の話や。ガタガタ言うつもりは、毛頭ありまへんで」

見抜かれている。聖四郎は曖昧な笑みを浮かべながら、また酒を舐めた。

七

その翌日早く、聖四郎の長屋の表戸が激しく叩かれた。清兵衛に張りついていた下っ引が、その行方を報せて来たのである。

下っ引は腕に軽い怪我をしていた。明らかに刃物で斬られた痕である。

「金山一家というやくざ者に捕まって、そいつとつるんでる岩木という浪人に……」

金山一家につけねらわれていることは、政吉からも聞いていた。金山一家が清兵衛を狙っている理由は、借金の返済を求めているからである。

その借入先は、ほとんどが辰巳屋という両替商からのものだ。辰巳屋から借りた金で、他の借金を返している。政吉の調べによると、辰巳屋は、今でいう多重債務者の整理という名目で、借金をまとめて一本化することで成果を上げている両替商らしい。

「で、清兵衛は？」

「あっしが邪魔をしてるうちに逃げやした」

「何処に……」

「すんません。あっしも怖くて……」

だが、もう一人の下っ引がこっそり尾けているという。

「分かった。おまえは北町の佐々木という同心に報せろ」

やくざ者に捕まるより、お上に捕縛される方がましであろう。町方が動くと極道者も無茶はできまい。そう思ったのだが、一刻の猶予もない。聖四郎は素早く着替えて、清兵衛が潜んでいそうな場所を探した。まだ他にも下っ引に頼んであるのだ。どこかに手がかりはあるはずだ。

朝焼けがやけに赤かった。何か異変が起こりそうなほど鮮やかな色で、毒々しい緋色に近かった。

やはり浅間山が噴火したという噂は本当であったのであろう。また灰が江戸の空に霞のように広がって落ちてくる。人々は暮らしや商いに滞りがないように、掃き集めたり下水に流したりしていた。

その日の夕方――。

もう一人の下っ引の報せで、清兵衛の行方が分かった。小塚原処刑場近くの円照寺という小さな寺の御堂に隠れているという。

聖四郎がすぐに駆けつけて来た時、逃げ疲れていたのか、清兵衛は筵をかぶって熟睡していた。

「おい。風邪引くぞ」

揺り起こすと、閻魔でも見たような顔で驚愕して手を合わせた。

「すんまへん！　かんにんや、かんにんしておくれやす！」

「寝ぼけてるのか？　そりゃ、悪い事をすりゃ、寝覚めは悪いだろう」

聖四郎だと分かった清兵衛は、はっと我に返って胡座をかいて、バツの悪そうな顔になった。

「どこまで政吉さんを心配させたら気が済むんだ？」

「ンなこと言われてもな……」

「正直に話したらどうだ。武蔵屋から盗んだ千両箱。おまえが、何処かに隠してるのであろう?」

清兵衛の目が泳いで、急にそわそわしはじめた。

「両替商の辰巳屋が借金を一本化させているが……俺には、なぜそんな事をするのかピンとこない。元々返せない者たちに、なぜ貸し与えるのか……何か他に目論見がある。そうじゃないのか?」

「……」

「たとえば、借金を返させるために、盗みをさせるとか」

「そ、そんなことまで……」

聖四郎の慧眼(けいがん)に清兵衛は感服した。

「やはりな。そんなことだと思ったぜ……あんたは、盗み出した金を辰巳屋に渡さずに隠した。それは利口だったよ。でなきゃ、さっさと殺されてるからな」

清兵衛は開き直ったように、

「旦那の言う通りや。誰が辰巳屋なんかに返すかッ。五十両の利子が百両、百両が五百両なんて話、聞いたことがありまっか!」

「だからって、人の金を盗むとは言語道断だろう」

「脅されてやっただけや。わいに罪はない。御用になる道理はあらへん！」

「馬鹿者！　政吉さんの気持ちがまだ分からないのか⁉」

「え？」

「政吉さんはな、命の恩人のあんたに、命を賭けて報いようとしていたんだ」

「命の恩人……？」

清兵衛がキョトンと意外そうな目になった時、近くの通りで、人のざわめく声がした。垣根を分けて外を見ると、人相風体の悪い男たちが走り回っている。清兵衛がそれを覗き見て吃驚した。

「か、金山一家の連中や……さては、わいが盗みの時はここを根城にしてるのを思い出しやがったな……バカめ。こんな所に隠しとるかい、アホ」

とにかく一時は退散した方がいい。聖四郎は清兵衛の手を引いて、その場から立ち去った。白髭の森を抜け、向島を越え、深川門前仲町まで急いで、馴染みの小料理屋に連れて行った。

川風が心地よい。貝殻の風鈴の音が、夜になっても夏の陽射しで焼けた匂いのする座敷に、涼を運んでくる。

小料理屋は京のおばんざいを模した料理を出せるように、白木の一本板を敷き、客の前で料理をしながら、酒を飲ませるところだった。江戸ではまだまだ珍しい形式だった。いわば割烹である。割は切る、烹は煮るの意である。

白木板を挟んで清兵衛の前に立った聖四郎は、一人の庖丁人に戻っていた。

「あんた、板前やったんか……全然、そう見えへんかった。てっきり、どこぞの偉いお旗本かなんかのボンボンで、銭の苦労もせず優雅に暮らしてるお人かと……でなけりゃ、人のお節介を後押しする暇人かと」

後ろに控えていた小料理屋の親父が、少しだけ言葉を挟んだ。

「備前宝楽流料理家元の御曹司ですよ。おめえさんにゃ分からねえだろうが」

「備前宝楽流⁉　ほんまかい！」

清兵衛は腰を浮かせて相好（そうごう）を崩した。これでも大坂で屈指の掛屋の一番番頭だった人間だ。北船場の料亭では、美食で通っていたのだと自慢げに話した。追われる身でありながら、余裕をこいてるのが憎めない。

しかも、備前宝楽流が朝廷や将軍家の料理番である四条家の流れをくむことや、庖丁式という厳格な伝統や儀式があるということも承知していた。もっとも烏帽子（えぼし）直垂（ひたたれ）で行うその神事を、清兵衛は見たことはない。

「ほなら、聖四郎さんとやら。このわいが唸るようなもんを食わせて貰いまひょか」

急に偉そうな態度になった。この性格からどこかタガが緩んで、大きな借金を抱えるように破綻したのであろうと思ったが、聖四郎は黙って庖丁を握った。

丁寧に磨かれ、切れ味よく研がれた出刃庖丁である。

元来、庖丁とは、中国古代の恵王(けい)という人物に仕えた名料理人の名前だという。庖とは調理場の意味であり、丁は男のことだ。料理は古来より男の仕事なのである。だが、出刃の歴史は意外と新しい。奈良時代から江戸中期までは、日本刀を短くしたようなものや、菜切り庖丁のような形のものがふつうだった。

出刃は、元禄(げんろく)年間に優秀な鍛冶が広めたものだが、刃元が太く切っ先が薄くて鋭い出刃庖丁の出現によって、美しく繊細な料理ができるようになったといえよう。

聖四郎は何の用意もしてなかったが、目の前に座った清兵衛に、真鯵の叩きに酢味噌をからめて食させた。

「上方の人は、うまい造りを食べ慣れてるからな。こういうのもオツだろ?」

その間に、鱧の葱巻きと焼き雲丹(うに)を潮汁ふうに仕立てる。透明なつゆの中に、純白の鱧と柿色の雲丹が絡まるように浮かんでいる。

清兵衛はそれをすうっと舐めるように吸った途端、目尻から小さな涙がこぼれた。

「はあ……長い間、貧乏暮らしやったから、何を食うても、たまらんなあ……」

「何を食うても、ね」

微笑を返してから、聖四郎はほどよい調子と間合いで、手短にできる料理を出していった。

心を解きほぐすためには酒もいる。濁り酒ではない。清酒である。灘もよいが、丹波(たんば)の酒もキレがよく、のどごしがいい。夏は井戸水で冷やして飲むから、豊潤さよりも端麗さが好まれる。

「ひええ。こらまた、うまい酒やなあ」

「舌鼓、という酒だ」

「なるほどねえ」

「高いもんだから、飲み過ぎるなよ」

それでも元々酒好きのようだ。腸どころか脳髄にまで行き渡る勢いで飲みそうだった。

ヤリイカの素麺とアオリイカの貝焼きなどの烏賊(いか)尽くし。

オニオコゼの唐揚げ。

ヒラスズキと葱の酒蒸し。

――などを、菜の物を挟みながら出すうちに、清兵衛の頬は紅潮して、逃亡中の咎人にはとても見えなくなってきた。

「どうだい？　少しはすさんだ気持ちも消えたかい？」

「ああ……悔しいけど、うまいものを食うた時だけは、極楽でんな」

「その気持ちを忘れなさんな」

「でもな……」

「清兵衛さん。あんたが政吉さん夫婦を助けたのは、そういう気持ちを起こさせたからなんだ」

聖四郎は、政吉が大坂で商売をしていたこと、知人のために借金まみれになった話、恋女房や幼い娘に辛く当たった日々、そして、心中しなければならない処まで落ち込んだ気持ちなどを、しみじみと語って聞かせた。臓腑に染みわたった聖四郎の料理よりも、じんわりととろけてきた。

箸をそっと置いた清兵衛は、感慨深げにひとつ深い溜息をつくと、

「そうやったんか……」

と残っていた酒を一気に飲み干した。

「あの時の、清兵衛さんの一粒の銀は、政吉さんにとっては、千両も万両もの値打ちがあったんだ」

「けど、旦那……わいはそんな事があったなんて、ちいとも覚えてへんのです」

「……」

「あの頃の銀の一粒や二粒は、ドブに捨てたかて、どうてことない金や」

五匁銀は一両の十二分の一である。一両あれば四人家族が一月暮らせるほどだから、決して小銭ではない。職人が数日働いて得られる金額である。

「たぶん、その時は酔っぱらってて……気まぐれに、粒銀を放っただけなんや。人助けなんかとちゃう。気が大きくなって、芸者の前で恰好つけたくて……ほんま、ただの気まぐれにすぎないんや……」

言いながら、清兵衛はほんのり涙を浮かべて吐き出すように、

「ただの……気まぐれやがな……」

「しかし、その金が政吉を救ったのは事実だ。身も心もな」

「アホでんな……あの政吉って奴は、ほんまにアホでんな……」

清兵衛は涙を隠すようなしぐさで、目の前の酒蒸しをかき込んでから、

「そんな、十何年も前の、たった一粒の銀のことをいまだに覚えてて、命まで賭け

て……なんちゅうアホなんや。そないなことしたかて、わいはもう、どうにもならへん。崖から転げ落ちる小石や。落ちるとこまで落ちんと止まらへんのや！」

「あの時の政吉がそうだったんだ」

「え？」

「崖から転がり落ちて、落ちた果てが夫婦心中だったんだ」

聖四郎は白瓜のどぼ漬けと茄子の紫蘇和えを差し出して、

「これは、政吉が朝市から自分の目で選んで持って来たものを、ここの主人が漬けたものだ。——崖から落ちたら、這い上がればいいんだ。政吉をその地獄の底から引きずり上げたあんたに、それができないはずがない」

かりかりと白瓜を噛みながら、政吉は鼻をすすった。すすり泣きながら、

「……なんや、これ、しょっぱいで」

「それは、あんたの涙だ」

「へえ。……へえ、お話しします、千両箱の隠し場所を」

聖四郎は慈むような瞳で、清兵衛が茶をすすりながら漬け物を食べるのをそっと見ていた。

しかし——小料理屋の表に、金山一家のならず者たちがいて、ずらりと取り囲ん

でいようとは、さすがに聖四郎も気づいていなかった。

八

江戸は水の都である。掘割という水路が市中を縦横入り組んで走っており、町人の暮らしの要であった。

月もない闇の中を、一艘の小舟がギシギシと櫓音をさせて来る。

清兵衛が漕いでいるのだ。艫には聖四郎が乗っており、提灯のあかりと波音だけを頼りにゆっくり移動している。

蠣殻町の呉服問屋武蔵屋から千両箱を盗んだ政吉と蓑吉は、京橋から北紺屋町に抜ける大根河岸から八丁堀に抜け、同心の組屋敷や徳川御家門の屋敷塀が並ぶ鎧ノ渡を永代橋近くの船番所近くまで来たという。

「手代は斬られた傷がもとで死んだらしいが、それは本当に、おまえたちのせいなのか？」

舟に揺られながら聖四郎が尋ねると、清兵衛は漕ぐ手を休めず、

「そら違いまっせ。確かに脅すための刃物は持ってた。でも、蓑吉もわいも、ひた

すら借金返したい一心で盗みに入ったんや。でないと、金山一家や高利貸しの用心棒に半殺しにされるさかいな」

「では、殺してはないのだな」

「そこまで人間、腐ってまへんで」

しかし、十両盗めば首が飛ぶ時代だ。千両ならば百回刎ねられることになる。確かに十両は大金である。それだけあれば、いわゆる中流家庭でも、半年や一年暮らせるのだから、まさに人の生命にかかわる金額だ。とはいえ実際に死罪になった者はいない。殺人強盗でない限り、情状酌量の余地があれば、罪一等減じられて遠島で済んだ。

——手代や蓑吉を殺したのは、金山一家の者か、用心棒なのか……。

聖四郎は腕組みをして、闇の中に行き過ぎる蔵や屋敷を見るともなしに見ながら、考えていた。

ふと人の気配を感じた。掘割沿いの道を、この舟を尾けて来ているようだ。

——町方か。

と聖四郎は思った。料理屋を出る前に、北町同心の佐々木に使いを出していたからだ。千両箱の在処を教えて、持ち主に返し、盗みを働かせた両替商辰巳屋のやり口を一切合切話せば、清兵衛の罪が軽くなるよう嘆願していたのだ。

聖四郎は将軍家料理番に繋がる庖丁人で、旗本格の身分のある者だ。公儀から、往来手形不用の天下御免の免状を貰っている。そんな権威を見せつけたくはなかったが、人の命がかかっている。やむを得まい。そのお陰で北町同心も動いているのだ。

「ここだす……」

すぐ一町ほど先には船番所がある。その掘割の水底に、千両箱を沈めていたのだ。

「思い切ったことをやったな、清兵衛」

「これでも元掛屋の一番番頭だったさかい……」

「それはいいから、本当にこんな所に？」

「大根河岸が近いから、舟の行き来が多い」

野菜の集散地なのである。

「船番所が近いから却って目に留まりにくいんですわ。丁度、その稲荷の真ん前だす」

神棚ほどの小さな稲荷神社がある。祠（ほこら）と白い狐の石像もある。

清兵衛は鉤付きの竹竿を水中に突っ込むと、千両箱を縛ってある鎖にひっかけた。

千両箱の重さは、幼児ほどの重さがあったから水に流されることもない。引き上げる作業も難があるわけでもない。

水面からすうっと千両箱が現れた時、聖四郎は手を差し伸べて、小舟に引き上げた。鎖を外して蓋をあけると、ぎっしり山吹色が詰まっていた。

「たしかに目がくらむな……」

「でも、わては今度のことでよう分かりました。人の心を変えるのは、こんな小判の光じゃない。己の心の中にある輝きやと」

聖四郎が微笑みを向けた時である。

ブンと分銅が空を切る音がして、小舟の舳先に飛来して絡んだ。ほとんど抵抗もなく分銅に繋がる縄が引かれて、小舟は傾きながら掘割沿いの裏道に引き寄せられてゆく。

「な、なんだあ！」

清兵衛が声を上げると同時、数人の人影が現れて、その縄の先を力任せに引いている。

「清兵衛！　こんな所に隠してたとはな！」

金山一家の親分とその子分たちが、ズラリ現れて、物凄い剣幕で刀を抜き払っている。傍らに、用心棒の岩木も懐手で成り行きを見守っていた。

徐々に陸に近づく小舟は、川に流されるだけの落ち葉のようであった。

シュッ！

聖四郎が刀を抜き払い様に縄を斬り落とした。

「漕げ、清兵衛！」

言われるままに、清兵衛は必死で櫓をつかんで漕ぎ始めた。わずか一町先は船番所だ。そこまで逃げれば、金山一家と用心棒は手も足も出せない。

船番所の先は大川に続いているが、その前に木柵があって停まらなくてはならない。常夜灯の下に、北町同心の佐々木が一人で待ちかまえていた。

「清兵衛！　急げ！」

佐々木が声を上げる。その声に励まされるように、清兵衛は死力を尽くして漕いだ。大川から逆流する潮でなかなか進まない。水がこんなに重いとは思ってもみなかった。

ようやく手が届きそうになった所で、佐々木が竹棒を差し伸ばして、船着場に引き寄せた。接岸すると、清兵衛は均衡を保ちながら、千両箱を佐々木の足元に置いた。

佐々木も千両箱を開けて、中身を確かめると小さく頷いた。

「ご迷惑おかけしました」

清兵衛は殊勝にそう言うと、狭い桟橋に足をかけた。

「よく話す気になったな。ご苦労だった」

と微笑した次の瞬間、佐々木は素早く刀を抜き払い様、清兵衛に一刀を浴びせた。

脇腹から胸にかけて、逆袈裟懸けに斬りあげたのだ。

「うわあッ！」

パッと鮮血が飛び散り、まだ小舟の上にいた聖四郎の顔にもわずかにかかった。

「清兵衛！　佐々木、貴様！」

と突っかかろうとすると、佐々木は小舟の舳先を蹴って、押しやろうとした。

が、聖四郎は踏ん張って、猫のように軽やかに陸に飛び上がった。着地した瞬間、
聖四郎も腰の一文字を抜き払っていた。

「貴様！　なんで、こんなことを！」

清兵衛は喘いでいるが、目を離すと自分も斬られる。切っ先を佐々木に向けたま
ま、ちらりと傍らを見ると、四人ほどの船番所の役人が眠り薬でも盛られたのか、
番小屋の中で倒れている。

「まさか佐々木、貴様も、金山一家の仲間だったのか」

「仲間？　馬鹿を言うな。俺が命じてたんだよ」

しらっとした顔で佐々木は言った。

「おまえが⁉　では両替商の辰巳屋に借金がある奴に、盗みを働かせていたのは……」

「ああ。俺の考えだ。元々、俺が辰巳屋に返せなくて困っていたのでな。この世は相身互いではないか？」

「では、蓑吉や手代を斬ったのも！」

「それは用心棒がやったことだ。俺は自分の手はやたらと汚さぬ」

金山一家の連中と用心棒の岩木がドッと駆けつけて来た。いずれもが必殺の意気込みで長脇差や匕首を抜いて構えていた。

聖四郎に怒りがふつふつと沸いて来た。いや、怒りではない。もっと深いものだった。清兵衛はやっとまっとうな道を選んだのだ。心底、ねじれていたわけではない。政吉が願ったとおり、

――掛屋の番頭のときのように、頑張って生き直そう。

と心に誓ったばかりなのに、それを虫けらのように殺した奴らが許せなかった。

「てめえら……天が許してもな……俺が断じて許さぬ……絶対に許さぬ！」

反り上がった切っ先をキッと佐々木に向けた。佐々木も構え直したが、用心棒の岩木が前にぬっと乗り出して、いきなり斬りかかってきた。

ガキン！

猛烈な勢いで弾き返す。岩木の腕前もなかなかのものだ。恐らくかなりの修行を積んだのであろう。

太刀は無名だが当代屈指の刀鍛冶が打ったものと見た。しかし、刀には使い手の魂が宿るものだ。岩木の刀は邪心に濁りきっている。それを見て、聖四郎は言った。

「鯖の生き腐れってのを知ってるか。海から出たとたん腐り始めるんだ」

岩木は問答無用で打ち込んで来る。

「そのわけを教えてやろう。鯖は自分の腹の中に異物を消化する、いわば毒を持ってる。その自分の毒が強すぎて、腐り始めるんだ。おまえたちも同じだ。己の毒で自滅するんだ……だがな、鯖の名誉にかけて言っとくぜ。奴らはうめえが、おまえらは絶対に食えねえ」

「ほざけ！」

岩木が上段から斬り落としてきたが、聖四郎はその太刀筋を見切っていた。ほんのわずかに体をさばくと、踏み込みながら一文字を脳天に浴びせた。岩木はギャッと声を上げて、たたらを踏みながら勢い余って、掘割に落ちた。

凄腕の岩木が一刀のもとに斬り倒されたのを目の当たりにして、やくざ者たちは腰が引けた。佐々木もわずかに身を引いて、刀を青眼に構えたが、

「――それで俺が斬れるかな？　ただでさえ腹が邪魔になって動けないのではないか」

「……」

「ほら、地獄の釜の蓋が開いたぜ」

突きだしてきた佐々木の刀に触れもせず、聖四郎の太刀先は相手の心臓を突き抜いていた。無念そうに、くの字に倒れた佐々木の手は、千両の鈍い光の上で、しばらく震えていた。

恐れをなして金山一家たちは逃げた。

鞘に刀を収めた聖四郎は、喘いでいる清兵衛に駆け寄って抱き起こした。

「しっかりしろ、おい！」

その言葉も空しく、すでに清兵衛の目はまったく見えなくなっているようだった。

「――ほんま……あほでんなあ……政吉さんに……よろしゅう……」

清兵衛はかすかにそう言って息を引き取った。聖四郎は清兵衛の目を閉じてやり、怒りを胸に秘めながら瞑目するのであった。

両替商辰巳屋と金山一家の者が、お上に捕らえられたのは、その翌朝のことである。奉行所役人が絡んだ事件ゆえに、瓦版は飛ぶように売れていた。

巷間では色々な噂が飛び交い、人々は面白可笑(おか)しく尾鰭(おひれ)をつけて話したが、政吉だけはどんより曇った気持ちのままだった。

「すまんな。俺がついてて……」

聖四郎にはかける言葉もない。

「何を……聖四郎さんのせいなんかじゃ、ありませんよ……でも、わしの気持ちが通じたのが、せめてもの救いですわ」

「そうだな」

浅間山の噴火はまだ治まりそうにない。噴灰が広がれば、八百屋は商売あがったりだ。お夏とお春はそのことの方が心配そうだった。それは父親への思いやりである。

いやなことは早く忘れて、

――明日は明日の風が吹くという気持ちで生きていかなくちゃ。

と考えているのだ。

「私たちが元気で生きる。それが、おとっつぁんの清兵衛さんへの一番の供養よ」

お夏がそう言うと、政吉はエッと聖四郎を振り向いた。

「聖さん……お夏たちに話したのかい？」

「親子で隠し事はいけないだろう」

「そ、そんな……」

がっくり肩を落とす政吉の背中を、二人の娘が押しながら、「さ、仕事、仕事」と囃し立てる。

「今日からは、苦労して死んだおっかさんに報いるぶんも頑張って貰いますからね」

お夏が爽やかに言うのへ、お春が何気なく言った。

「あたし、十六になったら、聖四郎さんのお嫁さんになる」

「だめよ、それだけは絶対にだめ」

とムキになって、お夏が言う。

「だって、おねえちゃんは青物市場の吾市さんでしょ。だから私は……」

「だめだ！」

と今度は、政吉が真剣な顔で言った。

「そんなことしたら、ちゃんちゃん鍋になっちまうがな」

「なんだそれ」

困惑したように顔をゆがめて、

「お春ちゃんは、そのうち、俺なんかより若くて、ずっとずっといい男とめぐりあえるさ」

と言った聖四郎の顔に、また雪のような灰が落ちてくる。

第三話　かんざし閻魔秘帖

一

「たまごォ、たまごォ、あひるの、たまごォ」

ほんの少し開けてある障子窓から、潮気を含んだ川風とともに、ゆで卵売りの声が忍び込んで来る。夜四ツ過ぎると、不思議とゆで卵の物売りが町中を通る。

夜の帳（とばり）が広がる大川は、河口から這いのぼる逆流で波立っていた。潮の香りはそのせいだった。

「すっかり寒くなったんですね……ゆで卵売りが出歩くなんて」

小さな船宿の二階である。女は手すりにもたれて、湯上がりの火照った体を川風にさらしながら、浴衣（ゆかた）の襟元をずらしていた。餅のような白く豊かな胸のふくらみが、ゆったり波を打っている。

そんな若い女を目の前にして、聖四郎は煙草盆の前に座り、つい先日、暴漢につけられたばかりの左腕の切り傷をさすっていた。生傷がやっと瘡蓋になったところだ。

相手は誰か分からない。ただ、何もいわず、突然路地から現れた浪人風の男二人に、襲われたのだ。出張料理に行く途中で、食材や食器や調理具を沢山抱えていたので、不覚をとったのだった。

「秋風が吹く頃になると、なぜ、ゆで卵なんですかねえ……殻を剝いて、あそこにちょこんとあてがうと、気持ちいいのかしらね」

と女は流すような目で、煙管に火をつけながらいった。

「誘ってんのかい？　俺もこのところ、体が冷えてたから、たっぷりぬくもりたい」

「やだよ。そんな野暮ったい人にゃ見えないから、誘ったのにさあ」

冗談とも本気ともつかぬ甘い声で、女は煙管を聖四郎に差し出した。聖四郎は煙草を吸わない。舌がやられて、味覚が鈍るからである。それは庖丁人にとっては致命的だ。

「旦那も入って来なよ。ゆっくり湯につかると……その傷も癒えるかも。薬草を混ぜてあるからさ」

と瘡蓋にそっと指先を這わせる。

ほんの一刻前に知り合ったばかりの女である。回り髪結いだと言うが、道具は持っていなかった。

公儀の風俗取り締まりで、本来、勝手に営業していた女髪結いの商売が色々と規制されていた。髪結いといいながら、ちょんの間の売春をしていた者もいたからである。

――こいつも、そのたぐいか。

女と会ったきっかけは些細なことだった。小名木川の万年橋辺りにハゼ釣りに出かけた帰り、出会い頭にぶつかったはずみで、女が足首をねじって倒れたのだ。悲鳴も上げず、ただ苦痛にゆがんだ顔が妙に艶めかしく、裾から見えた膝は、透き通るように真っ白だった。今日日、素人娘でも玄人の真似をして化粧だらけだから、よけい新鮮だった。

聖四郎は若い娘にはそそられなかったが、脂が乗りはじめた二十半ばの女を見ると、思わずちょっかいを出してみたくなる。

だが、この女には、なぜか気易く声をかけそびれた。大きく澄んだ瞳、小さいがすうっと通った鼻筋、かすかに開いた形のよい唇が、いい塩梅に整っている。まさに男好きのする顔だちである。

聖四郎が手を差しのべると、女はしなを作って寄りかかって、眉を顰めながら痛めた右足首をさすった。その仕草が聖四郎には、なんとも愛らしく、ふいに抱き寄せたい衝動にかられた。かすかに漂う甘い髪の香りに、益々淫らな思いが突き上ってきた。

「――い、痛い……」

女が蚊の泣くような声で言うので、聖四郎は町医者におぶって行こうと、しゃがみ込んで背を向けた。女は素直に、

「すまないねえ、お兄さん」

と、しなだれかかってきた。胸の弾力に聖四郎は思わず息をのんだ。年の割には、ギュッとしまった、それでいて林檎のようにこりこりした感触だったからだ。

――むっつりスケベだな。

聖四郎はじぶんでそう思った。女にまとわりつかれれば面倒だという男もいるが、聖四郎はそんなことは思ったことがない。

――どんな女も可愛い。

それが聖四郎の正直な気持ちだった。

目の前の器量よしの女だって、素っ気ない顔をしているが、一度、俺に抱かれれば、ねっとり言い寄ってくるに違いない。

道端で出会った男と女が、たった一度だけ、ゆきずりに交わる。これこそが、もっとも情を尽くすことだと、聖四郎は心得ていた。料理も同じ。一期一会こそが、最高の贅沢なのだ。

「やだよ。何を考えてんだえ？　ぼうっと見ちゃってさ」

女は障子窓を閉じると、聖四郎に体を寄せてきて、煙管を吸った。煙で輪を作りながら、湿った唇から吐き出すと、

「かみさんのことでも思い出して、後悔してんのかい？」

と流し目で言った。

「女房なんていないよ」

「あら、そんないい男なのに？」

「面倒だからな」

「だから、手当たりしだい、こんな所へ女を連れ込むんだ」

「誘ったのはそっちだろ？」

「同じことじゃないさ。それとも、私が誘わなきゃ来なかったかい？」

さりげなく言う女の言葉には、何かときめきを期待しているように窺える。

「足首は大したことない。横になれる所でちょいと休めばよくなるって……」

「そうだったかしら？」

女は肩を抱き寄せようとする聖四郎の腕をすりぬけて、高膳の前に座った。膳には、ハゼの天麩羅と糸作り、卵巣の塩辛と潮汁がこぢんまりとある。

女はふくよかな指で、ハゼの天麩羅をつまむと聖四郎の口に運びながら、

「どっちが先に、なんて野暮はなしにしましょうよ。わりない仲になりゃ、男と女は五分と五分。恨みっこなしで、ね」

「本当にそう思ってるのか？」

「なぜ？」

「女って生き物は、頭じゃなくて、下っ腹で物事を考える。だから、ややこしくって仕方がない。おまえのように、すっきり割り切るって女は……珍しくてな」

「あら。色男のくせに、大した女とつき合ったことがないんだねえ」

意味ありげに微笑むと、女は手酌で酒を飲んで、濡れた髪を留めていた銀簪をはずした。乱れたまま肩に落ちる髪に、聖四郎はそっと触れてみた。豊かな黒髪だ。

「回り髪結いって言ってたが、本当かい？」

聖四郎は濡れたうなじを指でかきあげながら訊いた。

「おかしな人。なんだって疑うんだね」

「言っただろ？　珍しい女だからさ」

「道具なんてなくたって、この簪一本で、髪くらい結えるさね。嘘だと思うなら、どうだい？」

庖丁人ゆえ、ほとんど毎日、髭を剃っているが、今日は仕事がないので剃刀を当てていない。

「髷を整えるだけでも、男前が上がるよ」

と、女がすっと突き出した簪は、匕首のように鋭い光を放った。聖四郎はその冷たい殺気めいた感覚に、一瞬どきりとなった。

「やだよ……怖い顔になっちゃってさ。その腕の傷のことでも思い出したのかえ？」

女の一言で、聖四郎の脳裏に、先日襲われたときのことが去来した。

とある料亭の会席を任された。

座敷に来ていたのは、身分ははっきりしないが、旗本らしき侍と浅草蔵前（くらまえ）に店を構える札差の相模屋の主人、角兵衛であった。札差とは、旗本御家人の蔵米を扱う商人である。

旗本や御家人の扶持米を担保にした米切手が、現金や手形と同じように、商人の間で商取引として使われていた。それは、やがて、投機の対象となり、売買が行われるようになった。今でいう株のように、米延売切手相場会所で扱われ、その値の上下によって武家や商人の暮らしに大きな影響があったのである。米相場会所は、米の適正な値を決めて安定させるために、八代将軍の時代に作られたものである。

しかし、このところ米切手は異様な高値で売り買いされている。一石あたり三分二朱だった米切手が、今や一両一分。やがて倍になる勢いであった。それにつれて物価も上がるから、最も困るのは庶民である。

実態のない取引は、空手形も同じことだ。いずれ破綻し、取りつけ騒ぎが起こらないとも限らない。そんな時勢であるからか、料亭で話していた旗本らしき男と相模屋は、米切手の話でもしていたのであろう。

「もうすぐ頭打ちだな。これ以上、値を上げては、まずい」

「そろそろ値を戻しますか？」

「いや、逆だ。今、ひとつ値を上げたところで、一気に……シッ」

侍の方が廊下に控えた聖四郎の気配に察して話を途中で切った。聖四郎は料亭の主人にいざなわれて、客人に料理の説明をした。定番の懐石だった。

銀杏豆腐と瓜の白味噌仕立て。鯛へぎ造り。伊勢海老の叩き寄せ。真魚鰹の焼き物。柿と大根の白和え……など季節のものである。

その客二人の箸は進んでいたが、料理のことよりも、米切手の話の方が重要だったようだ。ちらり聞こえた内容を、深く詮索はしなかった。だが、

——おぬし、聞いたな。

という鋭い眼光を一閃向けられたのを忘れられなかった。何かマズいことでも知られたと勘ぐったあの二人が、差し向けた浪人かもしれない、と聖四郎は思い出していたのだ。

「なんだえ、ぼうっとしちゃってさ」

女は掌を聖四郎の目の前にかざして、うっすら笑みを浮かべている。可笑しいからではない。微笑むのがこの女の癖のようだ。

「何がおかしいんだ？」

「何も？　どうせ昔の女のことでも思い出してたんだろ。そういう目だったよ」

「はずれ、だな。そんな艶っぽい話じゃない」

「憎らしい。あたしはどうなるんだえ？　あんたの思い出になんか、されたかないからね」

女はちょっと誇りを傷つけられたかのように、ゆっくり立ち上がると、右足でぴょんと跳ねて、

「お陰さんで、よくなったみたい。このお礼は必ずするから、またつき合ってね」

そう言いながら、廊下に出て行こうとした。

「待ちなよ、姐さん。まだ名前も聞いてないがな」

「そういや、旦那の名前も」

「俺は、聖四郎。——庖丁人の乾聖四郎という者だ。あんたと同じように店を持たず、よそに出向いて料理を作ってるんだ」

「へえ……」

女は聖四郎の器用そうな指に触れて、

「おや、そうかい。だったら、生身の女も刺身にしたり、煮たり焼いたり、色々料理するんだろうねえ。その前に……捕まえなきゃねえ。男は狩人、女は獲物って

ね」

女は挑発するような上目遣いで見やると、「必ずまた会えるから」と部屋から出て行った。

「待てよ、おい」

追いかけて行こうとしたが、みっともないと思い直して、腰を降ろした。

「それにしても、妙な女だ……」

釣りそこねた女には未練が残る。残った香りがまた甘い。珍しく、聖四郎の心にひっかかる女だった。

二

関東のカラッ風のせいで、江戸市中の通りや辻には、土埃が大きな渦を巻いて舞っていた。今年は紅葉の時節は短かった。歳の暮れまでにはまだ一月半あるが、凍てつくような寒い日が続いていた。

風の強い日が続くと火事が増える。火除け地を増やしたために、大火は避けられたが、まったく火事をなくすことはできなかった。

聖四郎が出先から帰る途中、今戸橋から柳橋へ向かう途中で、激しく半鐘が鳴り響くのを聞いた。路地を覗くと、もう手がつけられないほど、炎が大きくなっている。

近くの『り組』の町火消したちが、纏を持って駆けつけて来たが、竜吐水を掛けながら屋台骨を叩き壊して、延焼を防ぐのが精一杯だった。享保三年に大岡越前によって組織された町火消しの活躍は、今も矜持をもって続けられている。が、火事と喧嘩は江戸の華だ。いつの世も野次馬は押し寄せる。

「ええこった……死人が出たみたいだぜ」

焼け跡から担ぎ出された死体は、その長屋に住む大工だということだった。

——妙だな。

と聖四郎が気づいたのは、戸板に載せられた仏が近所の寺の境内に運ばれる途中だった。顔見知りの町火消しがいたので、声をかけた。

「栄五郎さん」

「おう、聖四郎の旦那」

「今し方、運んだ仏だがな、首の根っこの所に、傷がなかったかい？」

「傷？」

聖四郎は自分の頸椎の部分を指した。

「ああ……そういや、あったが……」

「やはりな。十日程前の火事場でも、同じ様な傷の死体が見つかった話を聞いた。何かあるかもしれないから、町方で調べて貰った方がいいんじゃないか？」

「何かって、それは……」

「俺にも分からないよ。でも、なんか引っかかってな」

顔馴染みの火消しは、曖昧に返事をしながら持ち場に戻った。

女と再会したのは、その夜のことだった。

富ケ岡八幡宮の近くは、夜になるとすっかり鬱蒼となって真っ暗になる。ギシギシと軋むような水音と磯の香りがするのは、江戸の材木問屋のほとんどが貯木している木場があるからだ。

ふいに提灯あかりが路地から現れて、聖四郎の方に近づいて来る。

「あら、乾の旦那」

闇の中からすうっと現れたのは、まさしく船宿から消えた女だ。

近くの町家まで髪結いに来ていたと言う。どこぞの商家の旦那の妾宅だ。旦那が訪ねて来る日は、湯上がりにきちんと髪を結うのが慣習らしい。

その話がどこまで本当か聖四郎には分からないが、会ったのが偶然とは思えなかった。それを察したのか、

「分かっちゃった？　乾聖四郎といや、名の知れた料理人……ううん、庖丁人ですってね。私ちっとも知らなかったから」

「……」

「でね、人に聞いたら、深川八幡そばの狸長屋に仮住まいしてると聞いたから……実はどうしても、また会いたくて待ち伏せしてたのさ」

と提灯を掲げた。

「こんな刻限に……女一人でか？」

「ええ。どうしても、会いたくってさ」

鼻にかかった声になった。

「実はな……俺も探してたんだ」

それは嘘ではない。釣り損ねた魚を探すのはみっともないが、なぜかそうしたかったのである。女の回り髪結いだから、顔や姿の特徴を話せば、知っている商家の女将や芸者筋がいるかもしれない、と思ったのだ。

「据え膳を食わないどころか、逃がした魚をいつまでも追いかけるとは、聖四郎さ

んらしくないねえ」

と知人の料理人たちに言われたが、

「もう一度、会いたい。会って思いをとげたい」

というのが、聖四郎の偽らざる気持ちだった。しかし、それほどの別嬪の回り髪結いならば噂くらいなるだろうに、とんと聞かない。

——夢でも見たのか。

と思いはじめた矢先の再会だった。

「嬉しいねえ。そんなふうに想ってくれるなんてさ……」

女は少し蓮っ葉な言葉遣いだが、どこかわざと悪ぶってる雰囲気もある。

「脅かすなよ。人の心をもてあそぶ気かい？」

「それは、そっちでしょう。あの後、追って来てくれると思ったのにさ……」

女は先日のような甘い微笑みを浮かべている。少し崩した着こなしのせいか、浅葱色の紬が夜目にも艶やかに見えた。

「旦那も随分、女泣かせらしいじゃないか」

「誰がそんなことを……」

「一生懸命に口説くでなく、女の尻を追いかけるでもなく、それでもいつの間にか、女をその懐の中に入れている。そんな色男だって評判さね」

「まさか。俺は……女たらしじゃないよ」

「そんなこと言ってないじゃないか。色男って言ったんだよ」

さりげなく聖四郎に腕を絡めて、女はどうしようか迷っているふうな顔で、掘割沿いの道の方へ歩き出した。

「本当は何か用があって訪ねて来たんじゃないのか？」

「だから、もう一度会いたいって」

「それだけか？」

「なんだよねえ……ここで逢ったのも何かの縁かもしれないもんねえ」

くすくす息を殺すように笑いながら、女の手に引かれるまま、聖四郎は飼い犬のように尾いて行った。

「この前は名前も言わずに……」

「名前なんて親が勝手につけたもんじゃないか。あたしはあたしだよ」

「変な女だな。しかし、こっちは名乗ったんだ。だから……」

「だったら、お紺でいいよ。女狐、コンコンのお紺。うふふ」

柳がかさかさ音を立てるほどの川風に、お紺の髪も揺れていた。

提灯の蠟燭が消えたが、近くを通る川舟の松明や提灯あかりで、足元まで見える。夜になっても、釣り船や屋形船が浮かんでいるのが、江戸らしい風情だった。

「どこまで行くんだ？　どこかで……ぬくもろうぜ」

聖四郎が少しせかすように言うと、

「せっかちだねえ。寝床の中でも、そうなのかい？」

と言いながら、お紺は指をさした。

小名木川の河岸に、湯舟が停泊している。釣り舟よりも一回り大きな屋形舟に、丸い桶が積まれており、寒いせいか湯気がもうもうと立ちのぼっていた。

文字通り、湯を運ぶ舟で、本来は銭湯が遠くて通いにくい、川辺に住む人々のために営業していた舟上の湯屋である。

「湯舟か……」

「あたしの月に一度の贅沢さね」

とお紺は言った。

「今日は、ちょいと金払いのいい客だったからね、波に揺られて、星でも仰ぎながら、体の芯まで温まろうと思ってね」

「あれに俺も？」

「貸し切りだから、一人じゃなんだし……いやなら、いいけど？」

もったいつけるように言うと、顔なじみらしい湯舟の船頭に、お待たせと袖を振った。

湯舟は小名木川を下って、大川に出た。

一旦、柳橋まで上り、ゆっくり流れに任せて下る。その間、一刻ほど酒を飲みながら、ゆっくり湯につかっているうちに、南新堀町に着く。そこから、お紺の家までは、わずか一町。木戸はすでに閉まっているが、木戸番は顔見知りだから、すんなり通してくれるという。

大川の波に揺れながら、お紺はするりと衣擦れの音をさせて帯をほどくと、投げ捨てるように着物を脱ぎ、襦袢をはぎとって、衣桁に掛けた。露わになった体は、着物の上からは分からなかったが、お椀を突き出したような張りのある胸で、形のよい桃尻だった。

「……」

聖四郎の目は点になった。遊女でも、もっと品のある脱ぎ方をする。男を惑わす、しとやかさがあると思えば、小娘のようにあっけらかんと湯に向かうお紺に、聖四郎は妙な焦りを感じた。

たまさか会っただけの男を挑発しているのか、それとも天真爛漫(てんしんらんまん)な態度は生来のものなのか。聖四郎には測りかねた。

「何をぐずぐずしてんのさ。せっかくだから、一緒に入ろうよ」

湯舟は大人が四人は入れる大きさだ。お紺に誘われるままに、聖四郎は肌が痛いほどの熱い湯に浸かり、のぼせそうな頭を潮風にさらしているうちに、体中の力が抜けてきた。

お紺は顎まで湯に沈め、飽きることなく、空をぼうっと見上げている。

「星がそんなに面白いかい？」

溜息混じりに聖四郎が訊くと、

「ああ、面白いねえ。昼間はまったく見えないけど、夜になったらキラキラ輝いてる。薄汚い世の中を、綺麗サッパリ洗ってくれるみたいじゃないか。ねえ」

「そんなもんかねえ」

聖四郎も空を見上げ、「俺なんか、空なんて、とんと見上げたことがない。あの星が俺たち人間に何かしてくれるわけでもあるまいし」

「貧しいねえ。心が貧しすぎるよ。何を楽しみに生きてるのさ」

何もかも悟ったように頬をゆがめるお紺の顔に、聖四郎は仏性の微笑を感じた。

「──おまえは何が楽しみなんだ。湯舟を借り切るお大尽気分を味わっといて、阿弥陀如来を気取るわけじゃあるまい？」

いつもの薄笑いを浮かべて空を見上げたまま、お紺はぽつりと言った。

「どうせ、一度っきりの人生さね。今を思いっきり楽しまなきゃ損。あんたも、あたしと同じ口だと思うけど？　庖丁人とかいいながら、自由闊達に生きてるんでしょう」

少しだけ蓮っ葉に言ったお紺の横顔は、聖四郎の心の糸にピンと響いた。今まで出会った女とどこか違う。そう感じたのは、美しい顔だちのせいでも、白い肌のせいでもない。

──刹那的な、一期一会を楽しむ血が流れている。

という直感だったのかもしれない。そう思うと聖四郎は背中に虫が這いずるようなむず痒さを覚えた。

──観音様のような顔の下で、地獄のような恐ろしいことを考えている女。

のような気もする。女はすべて可愛いと感じているから、逆に悪女と会ってみたいという欲望が時々起こる。聖四郎はそんな突飛な思いに駆られると、目の前の裸のお紺に、今にも飛びかかりたい衝動にかられた。

半開きの濡れた唇。意地悪そうな上目遣いの黒い瞳。半透明な桃色になったうなじ。

「もっとも……」

お紺は湯を掌でもてあそびながら、「自分が楽しいからって、人様に迷惑をかけるのは、あたしの美徳に反するね。殺しや盗みなんざ、人のやることじゃない。もちろん……女を犯すのもね」

どきんと聖四郎の心の臓が弾いた。やましいところは何もない。ただ、この女はどこか自棄になっていると感じた。そして、そのことが〝おっとり聖四郎〟をして苛立ちを覚えさせた。目の前の女を辱めたいという激しい衝動に駆られた。

聖四郎はざぶんと音を立てて、立ち上がろうとした。

その瞬間、お紺は素早く身を乗り出して、立ち上がりかけた聖四郎の腕を摑んで引き倒し、馬乗りになった。

お紺の手足の力は並の男より強い。

「どうしようってんだ……妙な趣向は、あまり好きじゃないんだがな」

お紺はしばらく涼しい目で聖四郎を見下ろしていたが、突如、低い声で言った。

「黙ンなッ」

ドスのきいた臓腑を抉るような響きだった。

身の危険を感じたのは、お紺に銀簪を首根っこに押し当てられていると気付いたからだった。

「な、なにをする……！」

聖四郎は腰をずらして逃げようとしたが、お紺の白い両股にガッと挟まれて、微動だにできない。じわり聖四郎の額に汗が滲む。

「お紺……おまえ……一体、どうしたんだ？」

「怨み、晴らします」

お紺は穏やかな声でいった。

「なんだ？」

「——もっとも、もう済んだことなんざ、どうでもいいけどね。消えた命は戻らないのさ」

「言っていることが分からぬ」

「ふん……」

初めて会った時のような曖昧な笑みを浮かべた。

——玄人、だったか……しかも殺しの。

聖四郎は何かの間違いだと思ったが、殺しの訳を訊く状況でない。力をだらりと抜いて、「殺るなら、殺れ」

と呟いた。

「命を狙われる覚えはないが、おまえのようないい女に殺されるなら、それもまた酔狂というもんだ」

「ふん」

もう一瞥して、銀簪の先を喉に突き刺そうとした寸前、ほんの一瞬だけ、お紺の腕の筋肉に力が入った。力が入るということは、動きが止まるに等しい。そのわずかな間隙をついて、聖四郎は首をずらすとお紺の胸の谷間に両肘を挟み込み、巴投げの要領で投げ飛ばした。

女の軽い体は魔法がかかったように、ふわりと跳んで、障子戸に激突した。反転して半身に構えようとしたが、透かさず聖四郎はお紺の腕を目も止まらぬ速さでねじ上げた。

「あッ、痛い痛い！」

お紺が大声で必死にあらがう。と、舳先にいた船頭が飛び込んで来た。手には抜き払った匕首を持っている。問答無用で物凄い勢いで突きかかってくる。聖四郎はお紺を押しやると、船頭に軽く足をかけ、体位が崩れたところを掌底で顎を打ち上げた。

「うわあッ」

吹っ飛んだ船頭は障子戸を突き破って、そのまま大川にザブンと落ちた。

「一撃で首をやられているはずだ。仲間なら助けねえと、溺れ死ぬぞ」

「……」

お紺は悔しそうな瞳で簪を握ったまま、聖四郎を睨んでいたが、敵わぬと察したのであろう。覚えてなッ、と吐き出して、自ら川に飛び込んだ。

聖四郎は舳先に跳ねるように行くと、櫓をつかんで陸へ向かって漕ぎ始めた。

——女刺客……だったとはな。

我ながら油断をしていた。聖四郎は腹立たしさよりも、己の未熟さを痛感して、情けなかった。それにしても、命を狙われる覚えはない。

「なんだ……何が起こったんだ……」

聖四郎の目が腕の傷に止まった。

——やはり、先日、襲って来た浪人と関わりあるのか。

湯上がりの裸体に秋風は冷たすぎた。

三

浅草御蔵（おくら）と呼ばれる幕府の米蔵は、大川の名で親しまれている隅田川（すみだがわ）沿岸にあった。その前の蔵前通りに、ずらり札差の店が並んでいる。

中でも一際、目立つのが『相模屋』。八千石級の大旗本ばかり扱っており、札差組合の主席を務めるくらいだから、さすがに店構えも立派であった。

主人の角兵衛が、番頭や手代に見送られてぶらりと出て来る。蔵前本多（くらまえほんだ）と呼ばれる髷を結い、羽織ではなく、加賀染めの小袖をまとって、脇差を帯に差している。他の商人とは違って、どこか俠客のような雰囲気が漂っていた。

角兵衛は、すぐ近くの辻でたむろしている駕籠（かご）を呼び寄せ、根津の寮まで送らせた。不忍池（しのばずのいけ）の前から、静かな森を抜けるとき、弁天堂の池畔（ちはん）にシギが遊んでいるのが見えた。

――秋らしいのう。

そんな思いが一瞬だけ脳裏に過ぎったが、悠長な事はやってられないとばかりに、駕籠を急がせた。

根津権現の鬱蒼とした境内を借景とした小高い場所。水戸屋敷からほど近いところが、角兵衛の寮だった。

「どういうことだ、お紺」

座敷に入って来るなり、角兵衛はお紺を険しい目で睨みつけた。久留米絣の袖を軽くつかんで、お紺は小さく舌を出して、

「もう一息だったんだがねえ。でもさ、凄腕の用心棒二人がかりで仕留められなかった奴だけあるよ。あんな体勢で、一瞬の隙に反撃して来るなんて……あいつ、只者じゃないよ」

「言い訳を聞きにきたんじゃない」

と角兵衛は喉の奥で低い声を発した。「おまえ一人を処分すれば済む話ではないのでね」

「私を処分……まじめに言ってんのかい？　元締め、そりゃないでしょう。私を散々、利用しておいて」

「おまえも身にそぐわぬ大金を手にして、いい目を見たはずだ。闇の仕事は私一人の力じゃどうしようもないのだよ。裏にはもっと大きな力がある。私も知らないようなね」

「そいつが……私を殺せと……」

角兵衛は吐息をついた。

「――とはいえ……親兄弟を殺されて、不良娘になっていたおまえを拾って、一人前の殺し人に仕立てたのは私だ。それなりの情けもかけてきたつもりだ」

「元締め……」

「もう一度だけ機会をやる。厄介な芽は小さなうちに摘むに限る。だがな、仕損じれば、墓穴を掘ることにもなりかねない。よく分かっているはずだ」

「はい、分かってます。次は必ず。元締め……あの乾聖四郎という庖丁人、本当に、私の父と兄を惨殺したんですか？」

とお紺は訊いた。

「ああ、本当だ。私の手の者の調べによると、あいつは料理人という面をかぶった狼みたいな奴でな。たまたま、今回、殺しの依頼が来た相手だったわけだ」

淡々と言う角兵衛に、お紺は少しためらって、

「でも……」

「でも、なんだ」

「そんなふうな男には見えなかった。残忍な人殺しをするような……」

「表があれば、裏がある。人とは多かれ少なかれ、善人の顔をして生きてるんだ」

「だったら……その話はして欲しくなかった。いつものように、ただ殺せと命じて欲しかった。その方が、仕事と割り切って、スッパリ殺せた」

「そうだな」

「どうして、そんな話を？」

「本当は黙っておきたかったんだがな、あいつだけはどうしても許せなかった。おまえの人生を狂わせた男だからな。それに、何度も私に言ってたじゃないか……いつかは怨みを晴らしたいと……」

その時、中庭で騒ぎが起こった。

用心棒の浪人が誰かを追いかけているのが、少し開けられたままの障子戸の向こうに見えた。角兵衛はその姿勢のままで声をかけた。

「何事だ。誰かいるのか」

「はい。妙な野郎がうろついてましたので」

用心棒は侍でありながら、町人の角兵衛にへりくだった物言いで言った。月に十両もの金を貰っているのだ。平身低頭で当たり前であろう。

「誰であろうと、捕まえて始末しなさい」

角兵衛は鬼のような形相になった。このところ、身辺（しんぺん）が慌ただしい。苛立ちが日々増していた。

「どうしたんです、旦那」

「おまえには関わりないことだ。おまえは命じられるままに、的を刺し殺せばいいのだからね」

角兵衛はお紺の目を覗き込むようにして言った。

根津権現の境内を抜けて、あけぼのの里と呼ばれる辻から百姓地を抜けた藪の中で、男はしばらくしゃがみ込んでいた。角兵衛の寮から用心棒に追われて逃げ出したのは、この男、町火消し『り組』の小頭（こがしら）、栄五郎であった。

「――まったく、とんだ野郎だぜ」

栄五郎は荒い息を潜めて、耳を澄ませながら、しばらくじっとしていた。用心棒が追って来る気配はない。そう判断してから、上野の森の方へゆっくり歩き出した。町火消しの半纏を着て、堂々と恐れることなく歩いた。その足は次第に早くなり、そのまま本所深川の聖四郎の長屋に向かった。

「どうした、栄五郎さん。血相を変えて」

「どうもこうもありゃしやせんぜ、聖四郎の旦那」

栄五郎は招き入れられた土間で、甕（かめ）から汲んだ水を一杯、ぐいと飲むと角兵衛の寮で見聞きしたことを話した。元々、あまり喋りがうまい方ではない。舌足らずな口調もあいまってどうも要領を得なかった。

「ま、落ち着きなさい」

と聖四郎が、今度は酒を勧めた。酒処の土佐から届いたばかりの、清酒である。

「へい。いただきます」

ズイと飲んで、傍らに差し出された酒盗もつまんだ。鰹の内臓の塩辛である。

「こりゃ、たまらん」

栄五郎は手酌で酒と塩辛を交互に舐めながら、溜息をついた。

「さすが聖四郎さんだ。舌が溶けちまうくらい、うめえや」

「それはいいから、話だ」

「じゃ、初めから整理して話しやすね」

と栄五郎は膝を組み直した。「まずは、あの火事場で見つかった死体の首にあった傷でやす」

「うん」

「旦那の推察どおり、ありゃ錐か何かでブスリと突かれた傷跡でした。検死でもはっきり、そうと分かったらしく、町方が事件に違えねえと密かに探索を始めたところです」

「錐、な……では、下手人は殺してから、火事にあって死んだように見せかけようとしたってことだな」

「へえ、おそらく。で、調べてみたんですがね、その殺された二人の男には、通じる点があったんですよ」

「何だい、それは」

「札差の相模屋に出入りしていた職人なんです。先の今戸で焼け死んだ植木職人は寮の庭の手入れを、そしてこの前、柳橋で死んだ大工は茶室を作ってやした」

「札差の相模屋……？」

聖四郎が料亭で料理をふるまった相手である。

「でもね旦那。二人とも途中で解かれてるんですよ、仕事を。そして、その直後に、死んでいる。ね、変でやしょ？」

「ああ。プンプン臭いがするな。しかも、キナくさい臭いが」

「その二人は、相模屋の何かえらいことを知って殺された」

「そこまでは、まだ分かりませんがね……ま、いずれ、お上がケリをつけてくれるでしょう」

「えらいこと？」

「さあ、それはどうかな……」

米切手にまつわることであろうと、聖四郎は察していた。料亭で、角兵衛と同席した旗本風二人が、恫喝（どうかつ）するように見た顔を忘れることができない。

二人は米切手の値を上げるだの下げるだのと話していた。そのことを小耳に挟んだ聖四郎に対して、浪人を使って襲わせた節がある。もし、職人たちが事の核心をきっちり聞いていたとしたら、口封じに消されても不思議ではあるまい。それに旗本が一枚嚙んでいるとなると、ますますその疑いは深まる。

「それだけじゃありやせんぜ。旦那が探していた女……いや、湯舟でお命を狙った女刺客ですがね……どうやら、相模屋が雇っていたようですよ」

「お紺を……」

「ええ。確か、そんな名前でした」

「あの女が、相模屋にな……」

聖四郎はお紺が狙って来たのが、相模屋に命じられてのことであることは、一応

納得できたが、

『怨み、晴らします』

と冷たく吐いたことが気になっていた。

――まこと、人に怨まれる覚えはない。お紺という女にも。

「はっきりは聞こえなかったんですがね」

と栄五郎は言った。

「相模屋はこんなことを言ってやした。その女刺客の親兄弟は、聖四郎の旦那、あんたに殺されたって」

「俺に⁉」

聖四郎は唖然となった。聖四郎が一家惨殺したというのだ。お紺だけが、なぜか助かったらしい。

「そんな顔をしなくても……俺たちゃ、旦那がそんなお方じゃないことは、よく知ってやすから」

そんなことを気にしたわけではない。聖四郎が衝撃を受けたのは、

――お紺が一家惨殺の生き残り。

ということである。

「そんな過去があったのか……かわいそうな女なんだな」

哀れんで遠い目になる聖四郎に、栄五郎は呆れ返った顔になった。

「てめえの命を狙った奴に同情するなんて、ほんとにおかしな旦那だ……もっとも、そういうところが、俺も火消し連中も好きなんですがね」

「そんなに、おかしいかな」

「理由はなんであれ人殺しなんですぜ。金で殺しを請け負う奴なんざ、怨みや仇討ちで殺す奴よりひでえじゃありやせんか」

「……まあな。しかし、善人なおもて往生をとぐ。いわんや悪人をや、だ」

「難しいことは分かりませんが、俺たちゃ悪いことをした奴には、きっちり罪をあがなって貰いてえ。殺しも火つけも死罪という大罪なんですからね」

「そうだな。俺はやはり、お紺という女の色仕掛けに見事にハマッたってことだな」

そう言いながら聖四郎は、できればもう一度、お紺に会いたい。会って本当の素性を知りたい。心の片隅でそう願っていた。

四

「買って欲しいですと？　この切米手形を、ですか」

相模屋の番頭は、帳場に座ったまま、訝しげに聖四郎を見上げた。小太りの番頭は、何度も切米手形を表にしたり裏に返したりしながら眺めた。

「俺は備前宝楽流庖丁人、乾聖四郎。乾家は公儀から旗本待遇を受けている。もっとも俺は今のところ、自由人なのでな。公儀から切米手形を貰っても、よほどのことがない限り、米にも金にも換えなかった」

と聖四郎は話した。

一本差しの浪人が、公儀の大切な支給米の証明書を持参したことじたいが、番頭には胡散臭かったに違いない。しかし、どう見ても贋物ではない。程村紙を二つ折りにした勘定所が発行した直手形で、勘定支配の裏書きもいらず直接、使用することができる、いわば高級官僚と同じものである。もっとも聖四郎に領地はない。が、二百石取りと同じ程度の報酬があった。

「優雅なご身分ですなあ。働かなくて、ご自分の好きな料理をしているだけで、暮らしていかれるとは、はは、毎日汗して働いている私どもには、羨ましい限りです」

番頭の下らない喋りを牽制するように、

「値が上がると言って、人に買わせているそうではないか」

と聖四郎は探りを入れるような目つきになった。が、番頭は淡々と、

「おっしゃってることが、よく分かりませんが」

「惚けなさんな。三百俵分、しめて百五十両でどうだ？　米会所の買値より、二割ほど高いだけだろ？」

「――お引き取り下さいませ」

と番頭はきっぱりと言った。

「切米手形は御公儀が出したお金も同然。手前どもは、相場の取引しか致しかねます」

「おかしいなあ。さる御仁に聞いてきたのだが、相手にしてくれなんだと、言うしかあるまい。それに……しつこいとバッサリやられそうだからな」

と奥の廊下の方にちらりと目を送った。

その襖の裏には、用心棒が鯉口を切って控えていた。聖四郎はそれを見抜いて、

ゆさぶりをかけたのだが、さすがに他の客が出入りしているから、用心棒も斬り込んで来るわけにもいかないのであろう。

「主人の角兵衛さんは、以前は、材木を扱っていたんだろう？　青梅や丹沢から良木を江戸に運ぶ運搬業で、のしあがったとか。それで、札差の株を手に入れて、蔵米を扱うようになったのが、わずか二年前……いやはや、なかなかのやり手なんだな」

「それが何か？」

憮然となる番頭に聖四郎は続ける。

「札差仲間でも羨ましがるほどの儲けっぷりで、勘定奉行や大目付など主だった旗本の米を扱うから、蔵役人も一目置いてるとか。事実、両替商の方の仕事を手広くして、日に千両の儲けという噂だぞ」

「……………」

「日に千両とは……投機のためだけに、切米手形を売りさばいてるのだろう？　いずれ高くなると吹聴してるそうじゃないか。だから、みんなは安値のうちに買いたがる。そこまで相場の動きを断言するのは……ここの主人と、さる御仁が……言わずとも、ほれ分かるだろうが」

「乾様とおっしゃいましたな」

と番頭は背中をすっと伸ばして、「先程も言いましたが、相場の値で買い取ります。売るのも同じです。それが嫌なら、ささ、お引き取り下さいませ」

「ふ〜ん。なんだ、つまらねえなあ。高く売って、吉原にでも繰り込もうって思ったんだがな……」

聖四郎は切米手形を手にすると、ぶらり表に出た。もちろん、カマをかけただけであった。いずれ、相模屋は動く。

睨んだとおり、その夜半になって、主人の角兵衛が自ら、とある武家屋敷を訪ねた。山下御門内にある本多主計頭和亮である。

——こんな刻限に、御門内に入るとは、やはり只の札差じゃない。

本多主計頭といえば、四人の勘定奉行の一人である。しかも最も若く、才覚も人望も人一倍という噂の持ち主だ。

聖四郎はどうしても、相手の顔を確認したくなった。とはいえ、夜遅く、武家地に何の用もなく訪ねれば、門衛に誰何されることは目に見えている。しかし、老中松平定信の中屋敷に用があるといえば通される。聖四郎は将軍家にゆかりのある庖丁人だ。天下御免の御墨付きを見せれば、容易にできることであった。

「備前宝楽流庖丁人、乾聖四郎様。お通りなされませい。但し、帰りもこの門をお通りなさいますように、宜しくお頼もうします」

門衛はそう言って、通過証明のために氏名を綴り帳に書き記した。夜にだけ行われることである。夜の江戸は町木戸で仕切られて安全が確保されていたが、武家地への出入りはもっと厳しかった。

本多主計頭の屋敷は、二間高の白塗り壁に塀瓦が続き、表門はしっかり閉じられていた。忍びでもない限り、中へ入ることは不可能である。番所は庇屋根になっており、まるで五万石の大名並の屋敷である。

当時の門構えの造りは、官位や石高によって厳しく制限されていた。が、本多主計頭の本家は譜代大名であり、本人も五千石という大旗本である。この階級になると、十万石以下の大名と縁組みができ、領地には陣屋を置いて自領代官に命じて年貢の徴収もしたのである。

そのような大名格の旗本と、新進気鋭の札差で、しかも闇の殺し屋の元締め。そんな二人の真夜中の密会となると、よからぬ話をしているに違いないと誰でも勘ぐって当然であった。

「どうしたものか……」

と思案に暮れていると、本多の家臣が中間（ちゅうげん）と何人かの大店の旦那衆を連れて、やって来た。どうやら、中間部屋で催す賭場に案内するつもりらしい。

賭博は禁止されていた。だが、旗本の中間部屋で開帳することに関しては、町方が踏み込むわけにもいかず、いわば暗黙の了解だったのである。

聖四郎はとっさに、その家臣に親しげに声をかけた。

「今宵は冷える。早く丁半をして、温（ぬく）もりたいんだけどなあ」

「誰だ、おぬしは」

一本差しの浪人姿の聖四郎に、家臣は少し警戒したが、

「拙者、備前（びぜん）浪人、乾……いや、犬山聖太郎（いぬやませいたろう）。札差の相模屋の主人の供で参ったのだが、待っている間、手慰みでもやってろとな」

「さようか……それは、待たせたな」

家臣は相模屋の名前に安心したのか、さほど疑りもせず、大店の主人ともども、中間に案内させた。

賭場のことはどうでもよかった。急に腹が下ったと言って席を離れ、厠に向かった。

下僕の中間部屋は、母家とはまったく違う場所にあるため、屋敷内で相模屋角兵衛を探すのは困難である。しかも、三千坪はある大きな屋敷である。うろついていれば、番卒に怪しまれるに違いない。

だが、そこは聖四郎である。一見した雰囲気、物腰、物言い、そして剣の腕前。どれをとっても、ただの浪人者には見えない。一流の旗本の貫禄はある。出くわした女中に怪しまれるどころか、頭を下げられたほどだ。

——母家の台所は向こうだな。

上下水道を見れば、何処に厨がある(くりや)かは容易に分かる。庖丁人としては当然のことであろう。厨房は奥座敷にさほど遠くない所に位置しているものである。

聖四郎は闇夜に身を潜めもせず、幾つかの仕切や垣根を越えて、「本陣」に近づいて行った。

成金趣味の回遊形式の庭には、大仰な庭石が所狭しと置かれてあった。これは鑑賞用ではない。護衛の忍びなどを配置しておくための隠し場所である。

それに気づいて聖四郎は、一瞬、ひやりとなったが、よほど余裕があるのであろう。忍びの気配はなく、警戒をされている様子もなかった。

足元には数本のテグス糸が張られている。テグスは清国から伝わった釣り糸である。それを鳴子（なるこ）の張り縄に利用しているのだ。釣り好きの聖四郎だから目に留まったが、魚でも気づかぬほどの糸である。並の忍びならば、透明の糸に気づかず、鳴子を鳴らしたに違いない。

行灯がともる部屋の前には、小さな松明が焚かれている。離れた場所にも灯りは届いていたが、これだけ明るいと却って近づきがたい。

――ここまで来たのだ。後込（しりご）みしちゃ、男がすたる、か。

聖四郎はやはり堂々と近づいた。

声が聞こえる。

「知らぬな。そのような奴に、わしが話すはずがあるまい」

「では、なぜ、さる御仁から、聞いた話などと……その侍、乾聖四郎は、まるで御前のことを知っているふうだったと、番頭は」

「おまえの過去も色々と調べた上に、詮索していたのであろう。さっさと消してしまわないからだ」

「なかなかの腕なのです。庖丁人といいながら、まさか公儀隠密では……」

「隠密が動くような下手は踏んでおらぬ。目付にも、相当な金を配っておるゆえな」

「では、なぜあやつは切米手形の……」

洩れた声をそこまで聞いた時、渡り廊下から、先程の家臣が歩いて来た。思わず石の陰に身を隠した聖四郎が見ていると、どうやら中間部屋の賭場のことを報告に来たらしい。

――当家の主も承知しているわけか。御定法を守るべき公儀の偉い役人が、真っ先に破っているのだからな。情けないことだ。

聖四郎は、家臣が開けた障子戸の奥に、角兵衛が座しているのを見た。そして、その上座には……。

――やはり、あの料亭で一緒にいた侍。あれが、本多主計頭だったのか。

聖四郎は目の奥に刻みつけるように、じっと見ながら、いつの世も、本当に悪い奴は表に出ないものだと思っていた。

家臣がふいに、

「相模屋。おぬしの用心棒も、中間部屋で遊んでおるから、帰る時に声をかけられるがよい」

というと、角兵衛はギョッとして異様なほど驚いた声を上げた。

「用心棒!?　私は一人で参ったのですが」

「なんだと？」

声をあらげたのは本多の方である。用心棒と名乗った浪人が、聖四郎であることも勘づいたようで、重そうな体をよじって立ち上がった。

「中間部屋のそやつをすぐ捕らえい！　油断するな。かなりの腕らしいからな、手勢を集めてぬかりなくやれ。逆らえば、斬り捨ててもよい」

石の向こうに本多の声を聞きながら、

「今度は出口を探さねば……」

と聖四郎は呟いた。敵が十人や二十人いても逃げ切れる自信はあった。居直って、本多と角兵衛に、切米手形のカラクリを吐かせる手もある。だが、白(しら)を切られればそれまでだ。

――ここは引く一手。

聖四郎は、鳴子のテグスに触れないように、その場からそっと立ち去った。

五

武家屋敷とは不思議な造りである。外からは一切入れぬのに、中からは塀伝いに植えてある庭木をよじ登れば、簡単に外に出られる。これは、小伝馬町の牢屋敷とは反対だ。中から出にくいように、塀の側に立木はない。

とまれ――。

聖四郎が長屋に戻るまで、何者にも尾けられている気配はなかった。

緊張が解けると妙に腹が空く。町触れで深夜に火を使うのは禁じられていたが、厨で火をおこすと鉄瓶で湯を沸かした。

塩鱒を焼いて、身をほぐして皮と一緒に冷や飯の上に乗せる。鯛とか鮪、あるいは鱧や鰻といったものは冷や飯に乗せると不味（まず）いことこの上ない。温かい飯が必要だが、塩鱒には冷や飯で十分。それに煎茶をぶっかけると、喉ごしよく腹の中までぬくもり、いい塩梅になってくる。

――ふう、うめえ。

しゃぶしゃぶとかき込むと、そのまま仰向けにゴロンと寝そべった。天井板の節穴がまるで星のように見える。ふと、隅田川で湯舟に揺られながら、夜空を飽きることなく仰いでいたお紺の姿を思い出した。

曖昧に浮かべた微笑、しなやかな指、張りのある乳房、くびれた腰……。その一つ一つの妖艶な仕草が、標的を陥落させ、殺すための予備行為だとは思えないほどだ。聖四郎ほどの剣術使いにも、殺気を気取られない鍛錬をどうやって積んだのか。それも気になることだった。

お紺のことを考えていると、その夜は一睡もすることができなかった。それほど不思議な女だった。

三日後の朝――。

聖四郎が日本橋の魚河岸に出向いた帰りのことである。

「お紺のことで、ある噂を聞きましたぜ」

と町火消しの栄五郎が駆け寄って来た。

その日、出張料理で訪ねることになっている訪問先の商家には氷室があるので、魚介をそこに置いたまま、臼、篩、擂鉢、蒸籠、焙烙、甑など調理道具を用意するために、職人の店を回っていた。聖四郎ほどの庖丁人になると、単に使い慣れた道具ではなく、微妙に味や香りに影響するこだわりのものを、その道の匠に頼んでいるのである。

しかし、お紺の話を小耳に挟んでしまっては、放っておくことはできない。

「どういう噂だい」

「小塚原の仕置場の近くに、かんざし地蔵があるのは、旦那もご存じでやしょ？」

誰がやったか、処刑場を清める地蔵に、簪が突き刺してあったのだが、それが後に遊郭から逃げた遊女を守るお地蔵様と呼ばれるようになったと聞いたことがあった。

「ああ。あの辺りはどうも、昼間、通ってもぞっとするな」

「さらし首になった者の霊がうようよいるんでしょうよ。そのかんざし地蔵に願掛けする人がいるんですよ」

「願掛け？」

「ええ。この人を殺して欲しい、と名前と理由を書いた紙を簪に結んで、地蔵の裏にある木に、小さな藁人形を打ちつけておくんです。藁人形の中には二両か三両ほどの金を入れておきます。すると四、五日うちには、名前を書かれた奴が殺されるって寸法なんです」

「ふむ。その殺しを請け負っているのが、お紺、なのか？」

「へい、恐らく。そんな場所を、女が一人でうろつくなんて不気味でやしょ？　でも、お紺らしき女の姿がよく見られてるんです」

「これまた、よく調べたな、小頭」

「ま、半分は仕事ですから」

町火消しは、火事をおさめるのだけが仕事ではない。普段は担当地域の溝浚いや掃除、喧嘩の仲裁や訴訟事の世話、十手持ちの手伝いなど、町人を守るための活動は何でもしていたのである。

「聖四郎の旦那。その女、とっ捕まえて、どうしやす？　お上に突きだしやすか？」

「事と次第によってはな。だが、うまい具合に見つかるかな」

「お紺は、必ずまた旦那を狙って来やす。だから、俺は心配で心配で……」

「ありがとうよ。でもな、栄五郎さんは深入りすると危ねえ。お紺の裏には、欲ボケの札差が、その後ろには勘定奉行がいる」

「か、勘定奉行⁉」

栄五郎が驚くのは無理もない。勘定奉行は大身の旗本で、幕府中枢の役職である。今でいう財務大臣で、関八州（かんはっしゅう）の徴税権や裁判権もあり、最高裁判所にあたる評定所の判事も務めるほどの人物である。

「そ、それは、本当ですか？」

「まだ内緒だぞ。俺たちが動いて、どうにかなるものではない。相手が相手だからな、慎重に調べないと、下手すれば何もかも闇に葬られる。こっちの命もな」

聖四郎の真剣なまなざしに、栄五郎は大変なことを聞いたと恐れをなしていた。


その足で、かんざし地蔵まで来た聖四郎は、裏手の木々に、幾つもの藁人形が簪で突き刺されてあるのを見た。

一人の寂しげな顔をした中年女が、お百度参りのように何度も行き来しては、手を合わせている。聖四郎はぶらり近づいて、

「変わった参拝だな」

と尋ねた。中年女は暗い顔のままで、

「え、ああ……頼もしい御利益があるんだよ。女の怨みを晴らしてくれるってね」

「女の怨み……？」

中年女はもう一度深々と、かんざし地蔵に向かって掌を叩くと、そそくさとその場から立ち去った。

その行く手に、お紺が立っていた。

「お紺……！」

初めて会った時のような妖艶な笑みはまったくない。冷め切った般若のようなゾ

クッとする切れ長の目で、睨みつけていた。

「女の怨みを晴らすとは、この地蔵、穏やかじゃないな」

お紺は、聖四郎が自分を探していたことに気づいていたが、そのことには触れず、

「昔っからの言い伝えさね。いつの世も、女ばかりが辛い思いをする。そんな女の味方をしてくれる神仏がいたっていいだろ？」

「……」

「だから、色々な女の人が、こうして、願い事を自分の簪に結んで拝むのさ」

と藁人形や絵馬に刺さっている、様々な形や色の簪を、しなやかな指先でなぞった。

「だから、かんざし地蔵、か……」

「それにしても、ここまで探りを入れて来るとは……あんた、只の庖丁人じゃないね」

「いや、一介の庖丁人だ」

と聖四郎は言って、じっと睨んでいるお紺に近づきながら、

「又蔵（またぞう）という大工と清六（せいろく）という植木職人を殺したのは、おまえだな？」

お紺は動揺をみじんも見せず、

「――その二人も、あたしの色気にコロッと騙されて、極楽気分であの世行きさ」

「なぜだ……なぜ、そのようなことを」

憐れみを帯びた瞳になって見つめる聖四郎に、お紺は帯に挟んでいた数本の簪のうち、ボンボリのついた簪から紙を抜き、開いて見せる。おかよという十歳の娘が願掛けしたものらしい。そこには拙いひらがなで、

『だいく、またぞう。うえきや、せいろく。この二人をころしてください。わけは……』

殺して貰いたい訳は、一月ほど前に遡るという。内藤新宿で米問屋を営んでいた、おかよの店に押し込み強盗が入って、一家が惨殺された。逃げ惑うおかよの両親や姉、番頭や手代らを次々と刃物で殺した上に、店に火を放って大金を奪って逃げたという。

「その押し込みを、又蔵と清六が？」

「おかよって子はね、二人の顔をしっかり覚えていたんだ。布団部屋に隠れてて、運良く助かったんだよ」

「妙だな……」

と聖四郎は顎に手をあてがいながら、地蔵の頭の錆びた簪をコツンと指で弾いた。

「何が妙なんだよ」

「俺の調べたところでは、大工の又蔵も植木屋の清六も、江戸を離れたことなんてない。それに一月前頃なら、札差の相模屋の寮の作り替えで、忙しい頃だ。町方にきちんと調べて貰えば、分かることじゃないのか？」

相模屋の名前が出たので、お紺は少し動揺の色を見せたが、

「何を言ってんだかッ。おかよはね、宿場役人に届け出たんだ。でも相手にして貰えない。だから、こうして怨みを……！　火を放ったのも、目には目をさ」

「かんざし地蔵の言い伝えを利用して、殺しを請け負っていたわけか」

「ふん……」

おかよは、雨の中、かんざし地蔵を何度も何度も拝んでいた。その必死の姿にほだされたのだという。

「何でも請け負うわけじゃない……この子はたった二朱しか払えないんだからね」

冷笑したお紺は、もう一本の簪から、千代紙を抜いて、こっちにはこう書いてるよ、と読んだ。

「怨み晴らして下さい。相手は本所深川に住む、庖丁人乾聖四郎。私の姉を凌辱(りょうじょく)

した上に、殺して捨てた……」

「さっぱり覚えがないな」

「悪党は必ずそう言うのさ」

「知らぬものは知らぬ」

「それだけじゃないよ。あんたが、五年前、上州館林藩内で、私の父と兄を殺した……」

「それも知らぬ。館林には料理修業の途中、一度、行ったことはあるが……」

「おだまり！　私の父と兄は、ただ真面目なだけが取り柄の、簪職人だったんだよ。城主様の奥向きにお納めするような、そりゃ立派な職人だったんだ」

聖四郎は黙って聞いていた。

「何の罪もないのに……いきなり人生の幕を閉じられて……しかも、お兄ちゃんはもうすぐ嫁を貰うことになってたんだ。なのに……」

お紺に涙はない。ただただ怨み骨髄に徹した顔になって、益々、般若のように醜くなってくるばかりであった。

「なのに、あんたに殺されたンだ」

「……」

「その事件が起こってから、何日も何日も眠れなかった……だけど、時が経って、下手人が見つからないと、まるで殺された私たちの方に落ち度があったかのようになる。近所の目もなんだか、それまでと違ってくるし、お上なんて、本気で下手人を捜す気なんて、なくなる……」

悔しげに、お紺は簪をぐっと握って、

「その挙げ句……『おまえも一人じゃなんだから、俺の妾になれ』とか『いい働き口を紹介するから』と言って女郎屋に売ろうとする者まで出てくる……ふん。世間てな、そんなもんさね……逃げるように江戸に出て来たけれど、頼りになる人もいない……病気がちだったおっかさんは、風邪をこじらせて死んでしまったよ……なんだったのかねえ、おっかさんの人生は……なにもかも……あんたのせいじゃないか！」

お紺は今度は自分の豊かな黒髪から、簪を抜き取って構えた。くずし島田がなまめかしいが、殺気がみなぎっていた。刺し違える覚悟であろう。だが、聖四郎は避けるでもなく、闘う気構えもなく、自然体で立っていた。

「やはり、可哀想な女だったんだな」

「黙れ！」

シュッと簪を突き出して来た。聖四郎は身をかわさなかった。鋭い簪の先が頬を掠めて、血がじわりと滲んだ。

「だから……おかよ、という娘の気持ちも分かるのか」

聖四郎が避けないので、お紺は跳ねて身を引きながら、戸惑いの色を浮かべた。

「お紺、おまえの気持ちは痛いほど分かる」

「今更、命乞いしても無駄だよ」

「こんな稼業に身を沈めなきゃならなかった、おまえが……不憫だ」

聖四郎の見つめる目が慈愛に満ちた。

「辛い目にあった女たちの怨みを晴らしたい気持ちは、分からないでもない。しかし……おまえのやり方じゃ、あまりにも自分が惨めにならないか？」

「ならないね。せいせいしてるよ」

と吐き捨てるように言った。

「おまえは本当に俺を騙して、油断させるつもりだったのか？」

「………」

「俺と一緒のときは、心底、そう心底、男と女として、その一時を楽しんでた。そう思えたのだがな……夜空を見上げたおまえの目には一点の曇りもなかった……」

「ふん。今度は、そっちが色仕掛けかい」

「そうじゃない……おまえは、今まで、間違った相手を……つまり罪のない者を、殺したことがあるかもしれないな」

お紺はゴクリと喉を鳴らした。今まで考えたこともないというふうに首を振って、

「なにを、ばかな……」

「少なくとも俺は違う。そして、大工と植木職人も、押し込みとは関わりないだろう」

「どうして、そう思う」

「俺とその大工と植木職人には、共通するものがある」

「なんだい。勿体つけないで、さっさとお言いよ」

「札差の相模屋と勘定奉行本多主計頭の密談を聞いたことさ」

お紺は寝耳に水の顔になって、

「なんのことだい、それは」

「相模屋はおまえを差配する裏の顔があるようだが……」

たまらず目を逸らすお紺を見据えて、

「勘定奉行と組んで、切米手形の値を自由に操っていることは知らぬであろう？」

「そんな……」

「俺たちは、そのヤバい話をちらりと聞いてしまったんだ。だから、命を狙われた」

と左腕を差し出して、もうすっかり瘡蓋になっている傷を見せて、

「用心棒にやられたものだ、相模屋のな。奴らが仕留め損ねたので、おまえに頼んだんだろう」

「……」

「これは俺の想像だがな、おかよって娘の話も嘘だろう。おまえに又蔵と清六を殺させる理由が必要だったからだ。その小娘を探してみな。恐らく、その辺の長屋に住んでて、小遣いでも貰って、おまえの前で一芝居させられたんだよ」

「何、言ってンの……おふざけでないよ！」

「そこまで勘違いして、人殺しを請け負うとは、とんだ素人だな」

聖四郎は江戸湾の夕凪のような静かな目で、お紺の簪を持つ手を握りしめた。

「──俺は公儀の隠密でも、町方の役人でもない。ただの庖丁人だ。だから……おまえがこの稼業から足を洗って立ち直るのなら、人には秘密を話さない」

「……」

「分かるな？　俺はおまえを信じたい。本当は金で人をあやめるような、人間じゃないってことを」

「な、何を今更……」

お紺は手を振り払うと、跳びすさりながら二本の簪を鋭く聖四郎に投げつけた。明らかに的を外して、足元に狙いをつけた。ビシリと地面に突き立った簪は、命を持っているかのように勢いがあり、輝いていた。

「待て、お紺！」

お紺はあらかじめ逃げ道を用意していたのであろうか。かんざし地蔵の裏手の雑木林に逃げ込むと、まるで幽霊のように姿を消していた。

残り香も消えた。聖四郎が振り返ると、簪だけが空しく残っていた。

六

札差相模屋の店に転がり込んだお紺を待ち受けていたのは、主人角兵衛の意外な仕打ちであった。

「そうか……乾聖四郎がそんなことを、な」

「私は、元締め、今でもあなたを信じています。だから、切米手形にまつわる不正に荷担してるなんて、嘘ですよね」

「荷担も何も……」

と角兵衛は鼻毛をプッンと抜いて、「カラクリを考えたのは、この私だからね。本多様は、いわば私の尻馬に乗っただけ。もっとも、切米手形を発行するのは本多様だ。その権力があるからこそ、事はうまく運ぶのだがね」

「では……」

言葉を噛みしめるように、お紺は訊いた。

「私が殺した大工や植木職人は……」

「ああ。私たちの話を聞いただけならまだしも、二人して金をせびってきたからね。消すしかなかったんだよ」

お紺に激しい衝撃が走った。

――悲しい女の怨みを晴らす。

そのために殺しを請け負ってきたのではなかったか。金の損得のためにやってきたのではない。ましてや、誰かの悪事の片棒を担ぐためでもない。お紺は心張り棒が折れ、長年かけて積んできた小さな正義が、一挙に崩れ落ちるのを感じた。

「元締め……私がしてきたことは、何だったのですか……少なくとも、かんざし地蔵に願掛けする女たちの心を救えると……」

「おいおい。何を勘違いしてるんだね」

と角兵衛は言葉を遮って、「おまえがしてきたことは人殺しだよ。正義だの善意だのと甘いことを言うんじゃないよ。人殺しには変わりないんだからな」

と汚れたものを見る目つきになった。

「元締め！　あなたは私に、自分に都合の悪い人間を殺させていたのですか」

「早い話が……ま、そういうことだ」

お紺の目に怒りよりも、悲しみの色が広がった。殺した者たちへの憐憫とも後悔とも見えた。

「でも、どうして、乾聖四郎が、私の父や兄を殺した奴だと！」

「さあな。私の気まぐれかね。おまえもそろそろ気持ちを整理して、殺し屋稼業に打ち込めるようしてやりたかったんだがねえ。その親心を無下にして、たかが庖丁人にベラベラ余計なことまで喋るとは……」

襖が開いて、隣室から用心棒の浪人が二人、ぬっと出て来た。前田（まえだ）と木下（きのした）である。聖四郎と話していたのをどこかから見ていたのであろう。角兵衛は報告を受けていたのだ。

「お紺。殺し屋稼業に人の情けはいらぬと言ったはずだ。さっさとその庖丁人を殺せばよかっただけのこと」

「……」

「色々と知った限りには、死んで貰うよ」

と角兵衛が顎をしゃくると、用心棒は鋭い音を立てて刀を抜き払った。もう一人の用心棒がお紺の肩を強く摑んだ。

「畳が汚れるから、裏庭で処分しなさい。声も出ないように、猿ぐつわをかませてね」

「ふふふ……ふはは」

お紺が喉の奥から噴き出すように笑った。

「死ぬのが怖くて気が触れたかな？　ひと思いにやってやるから、安心おし」

「ばかじゃねえのか、相模屋。死ぬのはあんただよ」

「なんだと？」

「こういうこともあろうかと、私は根津の寮に立ち寄って来たのさ」

角兵衛の頰がピクリと動いた。

「まさか、おまえ……」

「ええ。寮の床の間の違い棚の裏は、壁に隙間がある。そこに、大切なものを隠すようにしてたみたいね」

「……」

「そこにあったものは、ある所に届けるようにしてある。それさえ表沙汰になれば、あんたが勘定奉行とやろうとしていたことも、白日のもとに晒される。どうなんだえ？　それでも私を殺せるかい」

用心棒が切っ先を向けてグイと進み出そうになるのを、角兵衛は制した。

「待て。お紺……おまえも大したタマだ。人間誰だって死にたかない。おまえを私の情婦にしてやろうじゃないか。これからは人殺しなどせずとも、贅沢三昧の暮らしをさせてやる。家も一軒持たせてやろう……ああ、おまえのことを知った乾聖四郎は、こっちで始末をつける。裏稼業の腕利きは、何人もいるからね」

「本当かい？」

お紺はじっと見つめて、

「ああ、本当だともさ。おまえと俺の仲じゃないか。体も隅々までお互い知り合ってる。もう離ればなれにはなれないのかもな」

掌を返してそう言った角兵衛に、お紺は銀簪を向けて、

「この簪に誓えるかい」

「簪に……？」

「おとっつぁんが最後に作ったのが、これなんだよ。人の怨みをいっぱい吸ってるからねえ。私も今更、後戻りはできないんだよ」

「分かった。誓うよ」

と言った途端、お紺は素早く角兵衛の前に跳ねて、シュッと手首を突いた。

「ウッ。な、何をする！」

お紺はその血を自分の着物に擦りつけた。

「――殺し屋稼業の掟さね。これで、あんたと私は五分と五分。いいね」

「この女狐め……女は、やはり怖いものだな」

と言いながら、にこりと笑う角兵衛であった。

お紺が用心棒を連れて、角兵衛にとって不都合なものを隠した場所に案内したのは、その日の夜になってからであった。

「どこまで行くんだ、お紺」

用心棒の前田が声をかけた。浅草蔵前を出てすでに一刻が過ぎている。湯島の方へ向かったかと思えば、青山の方へ歩みを変え、その途中にまた、日本橋の方へ戻って来る。

「どういう了見なんだ？」

「誰かに尾けられるのをかわすためさ」

「誰か、とは？」

「お上の連中が私を張ってるかもしれないじゃないさ。少なくとも、あの庖丁人の乾聖四郎は、私の正体を知ったんだからね。用心には用心を、さ」

やっと辿り着いた所は麻布である。この辺りは夜の闇が一層暗い。すぐ先は渋谷村や目黒谷である。大名の下屋敷や寺社地が多くて町家は少ないが、お紺が根城にしている長屋があった。

銀杏の木が続く、入り組んだ迷路と上り下りの坂を歩くと、ぼんやりと薄気味悪い灯籠の奥に、茅葺き屋根の小屋がある。銀杏の実が落ちていた、誰かが足で踏みつぶしたのであろう、鼻につく臭いが漂っている。

「私だよ。お紺だよ」

声を出すと、ギシギシと音を立てて、小屋の一室から、熊撃ちの鉄砲猟師のような恰好の男が出て来た。

「お紺……」

「例のもの。こいつらに渡しておくれ」

「ああ。あの書き物かい」

熊撃ちのような男は、窪田玄之丞といい、本当かどうか、元は丹波篠山藩の家臣だったという。お紺と同じ、裏の殺し稼業をしている男である。

玄之丞はお紺から預かった書き物を、用心棒の前田に差し出した。それを受け取った途端、前田はサッと後ろに飛びすさった。

同時に、ヒュンと空を切る音がして、闇の中に一閃、何かが光ったかと思うと矢が飛来して、玄之丞の脳天に突き立った。

「玄之丞！」

叫ぶお紺の背中に向けて、前田が刀を抜き打ちしようとした。が、玄之丞が無意識にお紺を抱きしめるように庇った。前田の鋭い切っ先は、玄之丞の背中をバサリと斬り裂き、激しく血が飛び散った。

血飛沫が前田の目にドバッとかかる。

「ウッ！」

めちゃくちゃに刀を振る前田の喉を目がけて、お紺はとっさに銀簪を投げた。人迎（じんげい）という急所にブスリと突き刺さった。前田はヒッと詰まったような声を発すると、そのまま仰け反って倒れた。

だが、お紺の足元には、ビュンビュンと二の矢、三の矢が間断なく飛来した。転がりながら、物陰に隠れたが、突然、小屋の周り一帯で、炎が燃え上がった。

ボオオオ！――激しく竜のように真っ赤になって暴れている。

油の臭いがする。お紺は炎が茅葺き屋根に広がったのを見て、奥へ逃げようとした。だが、小屋の裏手から、雑木林に続く藪にも炎が燃え盛っていた。

――はじめから殺す気だったのか……。

お紺は、この期に及んでなお、角兵衛を信じようとしたことを悔いた。

小屋の周りは濛々（もうもう）と煙が上がり、四方が火の海である。熱さと煙幕が、お紺の体を徐々に追いつめた。

「出口は塞（ふさ）いだぞ」「裏から回れ」「殺してしまえ」

などと怒鳴る声が近づいて来る。

お紺は死ぬ覚悟を決めたのか、逃げる様子もなく、その場にうずくまった。

――これ以上、生きていてもしょうがない。何の楽しみもない。悲しみもない。

私は人間ではなくなっているのだから。

そんなことを思った。

火の手と角兵衛が雇った殺し屋たちが、お紺を目指してやって来る。あらがっても敵う訳がなかった。いっそ自害して果てた方がいいかもしれない。凌辱され、生殺しにされるよりはましだ。

簪をグイと握って、自分の喉元にあてた。

その時である——。

「うぎゃあ！」「誰だッ」「斬れ、斬り殺せえ！」

などと叫ぶ声がまた起こった。

闇夜を照らして燃え上がる炎の向こうから、まるで煙を斬り裂くように駆けつけて来る人間がいる。

——刺客か。とどめを刺しに来たのか。

そう思った時、

「死ぬな、お紺！」

と叫ぶ声が煙幕の外から聞こえた。その声は、乾聖四郎の声だった。凛（りん）とした、炎を突き破るほど明瞭な響きだ。

お紺は、喉にあてがっていた簪の先に、思わず力をこめた。

「死ぬな！　死んではならぬぞ！」

物凄い勢いでやって来る。その聖四郎の姿を見て、お紺は慄然とした。

——なぜ、なぜ私なんかのために……。

数人の浪人が駆けて来ている。炎の輪を蹴り飛ばす勢いで踏み込んで来た聖四郎は、唖然と見るお紺の腕をがっちりと摑んで、虎口から脱出するごとく逃げた。

「待て、待てぃ！」

行く手の雑木林からも、さらに数人の浪人が姿を現した。いずれも食い詰め浪人で、わずかな金に転んで、お紺の命を狙って来ているに違いない。

聖四郎はお紺を庇って、ズイと前に出た。

「怪我をしたくなかったら立ち去れ。でないと、一生不自由することになるぞ」

そんな牽制に怯む輩ではなかった。

「地獄へ堕ちな！」

ドスのきいた声で、ばらりと抜き払った刀を向け、浪人たちは一斉に斬り込んで来た。聖四郎はその一人に踏み込むと同時に、一文字を抜き払いざま、浪人の肩胛骨を打ち砕いた。

「うぎゃあ！」

と叫び声をあげて転がり回る浪人の姿に、他の者たちも一瞬、怯んで刀を引いた。

「凄むわりには、情けない声を出すんだな。次はどいつだッ」

と刀を持ち直して、「今度は峰打ちにはせぬぞ。骨が折れるだけでは済まぬ」

それでも、雇い主に余程の義理があるのか、それとも己の力量を知らぬのか、無謀にも聖四郎に斬りかかってきた。聖四郎はお紺を背中に庇いながら、右に左にわずかに体をかわすだけで、浪人たちの手首や肘、膝、脇腹などを、鳥がついばむように切っ先で撥ねた。わずか一寸の傷で、靭帯が切れ、血管を突き破る。縦横無尽に動き回る剣は、燕が飛ぶが如く鮮やかで軽やかであった。その素早い技に、浪人たちは悲鳴を上げながら、吊り人形が崩れるように、ばたばたと倒れた。

浪人たちに炎が迫ってくる。逃げようにも思うように体が動かない。それもそのはずだ。聖四郎は致命穴と呼ばれる幾つもの急所に、軽く切っ先を当てていたのだ。

「早く針医者にでもかからぬと、本当に死んでしまうぞ」

そう言って、聖四郎はお紺の手を引いて、雑木林の外に一気に駆け抜けた。遠くで半鐘が鳴り響く中、二人は遠く離れて行った。

七

帯をほどくと紫苑色の着物が肩から滑り落ちた。お紺の雪のように白い肢体が、行灯あかりの中で露わになった。

「おい。裸になれなんて言ってないぜ」

聖四郎は冷や酒をなめながら、長屋の奥の部屋に匿ったお紺を振り向いた。奥の部屋といっても、わずか二間しかないが、囲炉裏の火も落としたままだから暖が足りないのか。

「そんなんじゃないよ」

と、お紺は帯の裏側を剃刀で切り裂いて、中から数枚の切米手形を出して見せた。

「ほんとは、ここに隠してたのさ。角兵衛のやつ、これを取り戻したら、やはり私をハナっから殺す気だったんだ」

「それは？」

「見れば分かるだろう。切米手形だよ。これはね、正真正銘、公儀が出したものだ。贋物でもなんでもない」

「なぜ隠す必要がある」

「贋物じゃないけど、本物でもないからさ」

「む？」

「勘定奉行が勝手に作ったものなんだ。支配勘定の裏書きをよく見てごらん。ほら、ぜんぶ筆跡が同じなんだよ」

聖四郎は何枚かの切米手形を見比べた。

「つまりは、同じ人間が書いたってことさ。どうやら、十万石分ほどの切米手形を余計に作って、その値が上がると吹聴して、売りさばいてたんだね。他の札差や両替商が、値が上がるのを見越して買い漁ってたのに、相模屋だけが、相場より安く売るなんて、変だと思ったんだ」

「なるほどな……」

聖四郎はまじまじと切米手形を見ながら、

「相場が上がるのを信じ込ませるために、勘定奉行の本多は手を回して、高値にさせていった。貧乏侍は少しでも高く売りたいし、金に余裕のあるものは、それでも買って、もっと相場が上がるのを待つ」

「うん。その裏をかいて、相模屋は〝贋物〟を売りさばいて、ぼろ儲けしてたってわけなんだよ」

お紺はそう言って、切米手形を聖四郎に押しつけた。

「俺にどうしろと？」

「旗本待遇なんだろ？　公儀の偉いお方も知ってるそうじゃないか。だったら、なんとかおしよ」

「別に……俺は正義の味方じゃない。誰がどこで、あくどく儲けようと興味はないね。ただ許せないのは……人の命を虫けらみたいに扱う奴だ」

と言いながらも、聖四郎はそれに手紙を添えて松平定信に送り、真相究明を促すつもりである。札差相模屋と本多主計頭の、二人の切米手形を使った、濡れ手で粟の儲け話は表沙汰になるに違いない。そうなれば、相模屋は死罪。本多も評定所で裁断を受けて、切腹か御家断絶になるであろう。

「もっとも……悪い役人てなあ、うまい逃げ道を作ってるもんだ。だが、少なくとも相模屋は罪を免れまい。殺しの元締めまでしてたのならな」

お紺は申し訳なさそうに俯いて、

「――どうやら、あんたの言ったとおり、私の間違いだったようだね。ふん。私もヤキが回ったよ」

「人や世間を怨んで生きるのは、己を傷つけるだけだ」

「……」

「逃げるな、お紺。おまえが闇に消した人間にも家族がいた。好きな人や可愛がっている子供もな」

聖四郎はそっとお紺の頰に手を伸ばして、なでるような仕草で、「でもな、残された人間は、例えそいつが悪い奴でも、自分だけは善人として供養している。突然、夫や父親を失った者は、身に起こった不遇を誰のせいにもせず、健気に一生懸命、お天道様の下でまっとうに生きてる」

「……」

「世間が冷たい。お上が悪い。だから怨みを請け負って、世間に復讐をすると言うおまえの気持ちは分からぬでもない。だが、そんなことをしたって……そんなことのために、簪を使っても……親父も兄貴も喜ぶとはとても思えないがな」

お紺にそっと体を寄せて、お互いの肌をぬくめるように聖四郎は抱きしめた。

「あっ……」

小さく声を洩らしたお紺は、しおらしい顔になったが、きっぱりと言った。

「でもね、聖四郎さん……私は誰かを怨んでなきゃ、生きて来られなかった……辛かったけど……それだけが私の心の支えだったんだよ……」

「……」

「怨みを晴らす裏稼業がなければ……私はとうに……」

お紺は言葉を飲んで、聖四郎を軽く押しやって立ち上がろうとした。

「何処へ行く、お紺」

「今度は逃げるんじゃないよ。洗いざらい、お奉行にお話しする。かんざし地蔵には、怨みを晴らしたり、仇討ちをするのはつまらぬことだと、札でも立てて貰いましょうかね」

「信じよう。だが……」

と聖四郎は、もう一度、お紺を抱き寄せた。

「まだ奉行所はあいておらぬ。明日一番に、俺が伴って行ってやるから、今しばらく……」

「ここにいていいのかい？」

「ああ」

「だったら旦那。今生の思い出に、何かご馳走して下さいな。天下一の庖丁で」

「今生の思い出などと……」

「ううん。覚悟はできてる。おとっつぁんやおっかさん、お兄ちゃんにも会えるし……私が手にかけた人にも謝れる」

「お紺……」

聖四郎はひしと抱きしめてから、女の決意を血潮の流れに感じてから、竈に火をおこした。

「うまいものを食わせてやる。腕によりをかけて、最高のものをな」

襷掛けにして厨房に立つ聖四郎を、お紺は頼もしそうに見ていた。

まずは白味噌仕立ての汁を飲ませた。粟麩を角切りにして油で揚げたものと、むき栗を刻んで昆布出汁でさっと炊いたものを具にすると香ばしさと季節を感じる。

丁度、松茸があったので、サッと炙って添えた。

ずずっと音を立てて飲んだお紺は、ふうっと溜息をついて、にこり微笑んだ。

「次は若狭ものだ……回船が発達したから、たまに手に入れることができる」

と聖四郎は、ぐじ（甘鯛）を酒焼きにして出した。香りがぷうんと立って、一口頬に入れただけで、とろけてしまう。

海老と芋の団子、合鴨の治部煮、子持鮎と天上昆布の炊合せ……など、お紺が口にしたことのない、淡泊だけれども、体に染みわたるものばかりであった。

そして、もう一度、貝だけの潮汁を出した。

燗酒も少々、飲んだが、汁ものによって、よけい体が温まる感じがする。

鯛のおぼろ寿司、湯葉と穴子と水菜を蒸したものに加えて、最後は、河豚の天麩羅を茶漬けにしたものであった。

炊き立てのご飯に番茶かほうじ茶をかけるのがよいが、聖四郎は〝出汁茶〟と称する特別のかけ汁を創作してある。

一刻を超える時をかけて、じっくり食べても、まだ腹に余裕がある。聖四郎の料理は不思議ともたれず、いつまでも満腹にならないのである。

――料理とは、喉元を過ぎれば、風味だけが残ればよろしい。胃腸に負担をかけぬが、本道なり。

と考えており、あらかじめ消化がよいように調理するのが、庖丁人の腕である。

お紺は、一見、腹がもたれそうなてんぷら茶漬けを箸でかき込むと、

「――たまらない……ほんと、おいしい」

と切ない声を洩らした。そして、黙々と最後の茶漬けを食べながら、

「聖四郎さんは罪な方だね……これから死出の旅路に出ようと言うのに、こんなもの食べさせられたら……思いが残るじゃない」

「逃がしてやってもいい」

「え？」

「本気だ。前にも言っただろ？　俺は公儀隠密でも町方役人でもない」

お紺はそれには何も答えず、茶碗に目を戻すと、残りをゆっくり口に運んだ。そして、かすかに目尻に涙を浮かべながら、

「もっと早く会いたかった……もっと早く聖四郎さんに会っていれば、よかったのに……」

「お紺……」

「もっと早く聖四郎さんに会っていれば……」

茶漬けをすする音か、それとも鼻をすする音か……明け方は近いが、まだ冷たく暗い中で、悲しい〝涙の音〟が流れていた。

第四話　情けの露

一

バチッと弾けた紅蓮（ぐれん）の炎が、溶岩のような鋼（はがね）の塊を真っ赤に包んでいる。飛び散る火の粉はまるで宙を舞う虫だった。

赤茶けた顔の庖丁鍛冶は、全身、汗だらけでまるで親の敵を討つごとく、焼けた鋼を打ち叩いている。

「勘造（かんぞう）さん。どうだい塩梅は」

傍らで眺めていた聖四郎は熱さのあまり、額の汗を吸った手拭いを絞るほどだ。外は雪がちらついているのに、ここだけは真夏のようだった。

金鎚（かなづち）で溶鉄を打ち続ける勘造の腕は、熊のように頑強でありながら、一分の隙も許さぬ繊細さが宿っていた。真っ赤に燃える炭火の灼熱で、顔は火ぶくれ、体の方こそ鉄のように焼けていた。

黙々と火に向かって二刻。元々無口な男だが、炎のはじける音と鉄を叩く音、そして規則的に洩れる息吹だけが、この世のすべてのようであった。研ぎ澄まされた五感が燃える鋼に集中しているのがよく分かる。

「いつ見ても凄いもんだな、この光景は。まさに地獄の底から湧き起こる匠の技だ」

聖四郎は心の奥でしびれていた。

庖丁作りで最も肝心なのは、『焼き入れ』と『焼き戻し』である。

焼き入れが硬さ、焼き戻しは粘り強さ、を決めてしまう。鍛冶師が鋼の質を熟知し、微妙な手さばきで火に入れたり、水で冷やしたりすることで、優れた切れ味でありながら、研ぎやすい庖丁が出来るのである。砂鉄から作る日本刀の匠の技が、そのまま庖丁に生きているのだ。

勘造は刃の真ん中あたりに出来る刃文を見ながら、刃の方だけに焼きを入れる。刃を硬くするためだ。その塩梅は、勘造にしか分からない刃文の出来具合による。日本刀に見られる鎬の部分である。その筋目が浮かび上がると、

――生まれた。

と鍛冶師は思うという。赤ん坊が誕生した時のような、確かな生命の息吹が、鋼

の中から生まれるのである。

本来、鍛冶師の仕事は砥粉や土を除きながら、鎚(つち)で庖丁の曲がりなどを直して終わりなのだが、勘造は研ぎ師の仕事もする。

研ぐことで刃が熱を帯びて、ひずみが生じるのを防ぐために、多量の水を流しながら、内曇りと呼ばれる砥石で磨き上げてゆく。また新たな輝いた顔が出て来る。生まれた赤ん坊のへその緒を切って、湯で洗うのにも似ている。剛胆な鎚の作業とは違って、研磨する技術はまさに母の手のように優しかった。

仕上げの柄つけも慎重に行う。聖四郎は黒檀の柄が手に馴染んで好きである。

聖四郎は出来上がったばかりの庖丁を手にとって、片刃の刃線を一目見て、

——素晴らしい。

と感じた。

掌や指で均衡を確かめ、刃元から人差し指を添えて重心を感じる。刃道、峰、鎬、切っ先、そり、刃先などを、骨董品のように鑑定する。片刃庖丁の裏は磨かれた鏡のように澄んでいる。捻(ねじ)れも沸(に)え(傷)もない。何よりも、聖四郎は、峰のゆるやかな曲線が、女体の脇腹から腰にかけるなめらかさに似て、好きだった。

「さすが庖丁の町、堺でも一、二の庖丁鍛冶師と呼ばれる勘造さんだ。歳は取って

も、どこも文句のつけようがないよ」

「歳を取ってもは余計や。四十、五十はまだ洟垂れ小僧やで」

上方なまりで言った。赤茶けた顔と上腕の筋肉からは、とても還暦を迎える年齢には見えない。

「ありがとう、勘造さん。これでまた、いい仕事が出来る気がするよ」

庖丁は一生ものである。聖四郎は父から譲り受けたもの、諸国遍歴で知り合った料理人から貰ったもの、料理を始めた時に初めて使った出刃など、様々な〝銘刀〟を数十本も抱えているが、これもその一本になりそうだ。

飽きることなく、惚れ惚れと生まれたばかりの庖丁を眺めていると、乱暴に表戸が開いて、商家の日那風の男が入って来た。渋い蓬色の羅紗のような羽織から、裕福さが一目で分かる。

「相変わらず、精が出るねえ」

と冷ややかにいった日那風の顔は、聖四郎が忘れもしない男だった。

「貞吉！　元気だったか」

聖四郎は庖丁を奉納台に置くと、貞吉に歩み寄って両手をしっかり握った。昔のまんまのごつい手触りだった。

「何年ぶりになるかな。懐かしいなあ」

「ああ。お陰様で元気だよ」

言葉とは裏腹に、貞吉は再会の喜びの目ではなく、逆に敵意を丸出しにした狂気すら帯びた目であった。それでも聖四郎は、気づいてか気づかないでか、懐かしそうに手を握り続けた。

貞吉はそれを振り払うように離れると、

「その節は世話になった」

と、切り餅をひとつポンと上がり框に置いた。金座の封も切っていない二十五枚の小判の束である。

「どういうことだ、貞吉」

聖四郎が切り餅を手にしながら言うのへ、貞吉はじっと見据えて、

「五年前に、お借りした五両。それに利子をつけて、返しに来たんだよ」

「あれはいいんだ。俺はおまえが、こうして立派な商人になっただけで、十分なんだよ」

「心にもないことを言うなよ」

一瞬だけ、パチリとほくぼ（炉）に残る炭火が弾けた。

「俺はな聖四郎、おまえを怨んで生きてきたことで、どうにかこうにか人並みな商いをできるようになった……そのお礼だよ。では、失礼しますよ」

慇懃に勘造にも頭を少し下げて、勝ち誇ったような笑みを浮かべると、立ち去ろうとした。表では、傘をさしたままの手代を待たせてある。

「待てよ。おまえについちゃ、あまりいい噂を聞かないぜ」

貞吉はゆっくり振り返った。

「俺が、入れ墨者だからか？」

「そうじゃない。商いに成功したのは嬉しいが、大丈夫なのか？　何かやばい事に手を出してるんじゃ、ないだろうな」

「お節介の次は、ヤッカミか？」

「人の仕事場に来て、そんな言い草はないやろ、貞吉」

と勘造が口をはさんだ。

「鍛冶屋ごときに、呼び捨てにされる筋合いはないよ」

「なんだとッ」

勘造がカッとなるのを相手にせず、後ろ足で砂でもかけるように悠然と表に出て行った。

勘造は疲れた腰を労るように下ろして、

「貞吉のやつ、ちっとも変わってねえ……なんじゃい、ありゃ」

「今は、日本橋で『藤乃屋』という呉服問屋を営んでる。しかも、そんじょそこらの者は相手にしない。大名や豪商を相手に立派な商いをしてるんだ」

「でも、元は庖丁人。聖四郎さん、あんたと一緒に板場を踏んでた人じゃねえか」

「ああ……」

「なんだか知んねえが、あんな根性なし、ガツンと一発殴ってやりゃいいんだ」

「うむ……」

聖四郎は置き去りにされた切り餅を手に、何か気がかりなふうに、まだ燻っている炭火をぼんやり見つめていた。

「聖四郎さん……」

勘造も気になった。

「――地獄花、というのを聞いたことがあるか？」

「地獄花……さあ」

「清国渡来の芥子の実から採れる阿片の一種なんだが」

「アヘン!?」

「老人には強壮剤として、婦人には媚薬として使えるなどと触れ回られ、色街などでは殊の外、珍重されているらしい。使い方によっては癖になって、繰り返し使ううちに廃人同然になるのだから、えらいもんなんだ」

「もしや……」

勘造は身を乗り出して、「その地獄花とやらを、貞吉が扱ってるとでも？」

「それは分からん。でもな、そんな噂もちらほら聞いたことがある。一度は島送りになった人間が、御赦免花が咲いたために江戸に舞い戻って来た。それから五年も経ってはいるが……あんな大店になるってのも、妙な話だからな」

「そうだな。では、やはり……」

聖四郎はぼんやり見つめていた炭火から目を離して、

「とにかく、これは返さなくちゃな」

と切り餅を懐に入れた。

「聖四郎さんよ。そんな、くれるもんは貰っておいて、パッと吉原でも行こうぜ。俺も一仕事した後だし、めちゃくちゃハメを外したいんだ」

「いい歳して……精進落としにはつき合ってもいいが、この金は汚れた金かもしれない。やはり突っ返さねばな」

と笑って言う聖四郎に、
「しょうがねえなあ……」
と愛想笑いをする勘造であった。

二

重阿弥（じゅうあみ）と呼ばれる大尽が、幕府旗本や諸藩家老を相手に、高利で金を貸しているという噂が、かねてより江戸市中に広がっていた。

とはいえ、庶民には関わりのない話だ。一両や二両を貸して欲しいと頼みに行っても、強面（こわもて）の用心棒たちに追い返されるのが関の山。

まるで武家屋敷を彷彿とさせる冠木（かぶき）門。重阿弥の屋敷には、時の老中のように毎日客人が押し寄せていた。玄関脇の控えの間には刀掛けがあって、波を打つほどだった。

両替商や札差も、借りに行くほどの賑わいだった。

奥の座敷には、清国の机や籐（とう）椅子があり、動物の毛皮のような服をまとった、眼光鋭い怪しげな総髪の初老の男が、妖艶な美女をはべらせて煙管をくわえていた。

胡弓(こきゅう)と笙(しょう)のような楽曲が妖しげに、どこからともなく聞こえている。隣室で弾かれているようだ。

部屋の表には、まるで野武士のような屈強な男が二人、立っており、来客にさりげなく鋭い視線を送って、重阿弥の威圧を代弁していた。

「何とぞ、五千両ほど、お貸し願えますか。昨年は国元が不作のため、当藩の財政が苦しく、色々支払いが滞ってましてな」

裃(かみしも)を着た、それなりに身分のありそうな侍が、上座の重阿弥にへえこらしている。

「借金の形(かた)は」

重阿弥は煙管から煙を吐き出すついでに口を開いた。

「これにて如何(いかが)でございましょう」

と目録を書き記した紙を差し出した。まるで献上するような大仰な態度だ。

「当家の家宝にございます」

そこには、藩主からの拝刀や著名な茶人譲りの青磁の茶器、漆器や銀細工など二十数点が書き並べられていた。重阿弥はチラリと見ただけで、

「話にならぬな。藩の銅山開発の利権を用意して貰おうか」

「そ、そんな……！　高い利子を払う上に、そこまで形に取られては困りまする」

「嫌なら、帰れ」

家老風のその侍は、打ち震えるように膝の上で拳を握っていたが、背に腹は代えられぬのであろう、

「お願いいたします」

としっかりとした口調で哀願し、ひれ伏すように頭を下げた。重阿弥は、フンとほくそ笑むと、

「ほれほれ、持って行け」

と、簾の裏に天井まで積み上げられている千両箱を足蹴にして、家老風の侍を見下ろし言った。

「五千両、そっくり持ち帰るがよい」

入れ違いに、今一人――。

廊下から、侍が入って来た。綺麗に月代や髭を剃り、上等な紬の羽織の若い侍である。

「三百両ほど用立てて貰いたい」

「……」

単刀直入に申し出る若侍に、重阿弥は不快な顔を向け、気短げに煙管を煙草盆に叩きつけた。

「人にものを頼むにしては礼儀知らずだな」

「済まぬ済まぬ。生まれつきゆえな。俺は小普請組の下級旗本。ちょいと野暮用でな」

小普請組とは一応、普請事業などの折に出仕する義務はあるが、いわば待機組。無役に等しい扱いである。

「旗本ね……形はあるんだろうな」

「この腕だ」

と若侍は袖を叩いてみせて、「そこのなまくらな用心棒よりは役に立つと思うがな」

「――用心棒なら、間に合っておる」

重阿弥が目を走らせた一瞬、仁王のような用心棒二人が、同時に刀を抜き払い、若侍に斬りかかった。

が、若侍は、目も止まらぬ速さで、相手から刀を奪い取ると、二人を壁や床に打ちつけた。明らかに浅山一伝流（あさやまいちでん）柔術の使い手であった。戦国時代に発展したこの柔の技は、武器を持った相手や狭い所や足場の悪い所でも、瞬時にして倒すことができる早業が特徴であった。

それでも、重阿弥はまったく動ぜず、冷静に見守っていた。

「ふう……」

もう一度、煙管をくわえたとき、三方の襖が開いて、数人の手下が現れた。いずれも丸坊主で修行僧のような法衣を着ている。手にはそれぞれ短筒（たんづつ）や抜き身の脇差を持って、身構えて、じりじりと若侍に近づいた。

緊張が走る。一瞬でも、若侍が動けば、弾丸や刃の餌食になるのは、目に見えていた。しかし、若侍に怯む様子はない。

「撃ってみるがよい。味方を殺すことになるだけだ」

強がりではない。たしかに、重阿弥の手下たちが襲いかかったとすれば、同士討ちになる。それでも、犠牲を出すことを覚悟すれば、若侍を仕留めることはできよう。

だが、重阿弥は口を開いた。

「……待て」

「貸してくれる気になったか」

若侍は自然体に構えて相手を見据える。

「いや。三百両で買った。おぬしのその腕をな」

「さすがは、葛城の重阿弥。懐が深い。闇の両替商と謳われるだけのことはある」

と若侍は溜息混じりに言った。

この男、実は公儀徒目付である。時の筆頭老中・松平定信の命を受けて、町奉行の探索でも難航を極めている『地獄花』摘発のために、悪の本陣に送り込まれた剛の者だが、重阿弥が気づくよしもなかった。

呉服問屋『藤乃屋』は日本橋のはずれ、亀井町にあった。宿駅として栄えた大伝馬町、小伝馬町、塩町などが近く、箪笥や長持などを扱う店が並ぶが、呉服問屋は珍しい。

聖四郎は路地から、藤乃屋を覗くように見ていた。金文字の軒看板は、店の繁盛以上に大袈裟な構えだと感じた。

背後に、気配を察して振り返ると、編笠に着流しの侍が立っている。一瞬、気取った妖気に似た殺気は、

――錯覚か。

と思えるほど、上品で穏やかないでたちである。寒空に上等な絹でしつらえてある着物だけとは、酔狂な奴にしか見えない。だが、聖四郎には、その人物が誰であるか、編笠を取らずとも分かった。

「ごぶさたしております」

聖四郎はわざと丁寧に言った。

「どうだ？　藤乃屋の様子は」

「え？」

「聖四郎、そちもこの店を探索しておったのであろう？」

「いや、別に俺は……」

「隠さずともよい。おぬしの父親、備前宝楽流庖丁人、乾阿舟のもとで共に腕を磨きあった友が、商売替えをしたのであろう？」

「さすがは、御老中……まさか、私とも関わりあると思って、隠密に探索してるので？」

と聖四郎は皮肉で訊いてみた。

訊かれた相手は、筆頭老中松平定信、その人である。

聖四郎の父とは、立場を超えて友情を温めた仲であった。聖四郎とも浅からぬ関係がある。その幕府の重職が、微行してまで貞吉のもとを訪れ、ここまで調べているとなれば、いよいよ怪しい。

――やはり貞吉は地獄花を扱って儲けていたのか。

聖四郎の疑念はみごとに当たってしまったのである。

「貞吉は地獄花を、あの阿片のようなものを売りさばいているに違いあるまい。それで稼いだ金でこんな立派な店になれたのであろう」

当時はどこの藩でも財政難。重阿弥のような非合法な高利貸しが罷り通るような時勢である。諸藩は殖産興業の名目で、芥子の花を栽培し、医療用の阿片を作ることはあったが、それはあくまでも幕府の許可があってのことで、阿片そのものは幕府が買い取っていた。

だが、それを横流しして大金を得ようとする者がいたのも事実。幕府では、諸国に隠密を放って、不法に売買する業者の摘発に躍起になっていた。

「確かに、二、三年で成り上がるには立派すぎると思うし、貞吉一人でできるとも思えないが……」

と聖四郎が首を傾げると、定信はあっさりと決めつけた。

「貞吉を操っている大物がいる」

「大物……！　それは一体、誰なんです」

「それはまだ分からぬ。だが、あの貞吉を捕らえて白状さえさせれば……」

と顎を突き出すと、店先で得意客を送り出している、いかにも客あしらいに慣れた貞吉の姿があった。

「聖四郎。おまえの耳に入ってるかどうかは知らぬが、地獄花の餌食になった娘や若者は十人や二十人ではない」

「……」

「あの貞吉が、強引に地獄に突き落としたのだ。あいつは呉服問屋を装い……いや、たしかに呉服問屋は営んでいるが……その商いを口実に様々な武家屋敷や商家、民家を訪れては、巧みに地獄花を吸飲させて、何人もの人間を苦しめてきたのだ」

「――それは、本当のことなのですか」

聖四郎は俄に信じられなかった。確かに、貞吉は気が短い処があって、自分の意に添わぬことがあると、すぐカッとなって周りが見えなくなるほど暴れることもあった。そういう性格が災いして、喧嘩相手に大怪我を負わせて、入れ墨者になったのも事実である。

「だからといって、平気で悪いことができる奴じゃない。ましてや、人の一生をズタズタにするような、そんな……」

「おまえの気持ちも分かる。だがな、慎重に慎重を重ねた探索の末に、掴んだことだ」

「では、もしや……」

と聖四郎は、定信の編笠を覗き込むように近づいて、「裏で糸を引いている、大物とやらを燻り出すために、貞吉を泳がせているのですか？」

定信は何とも答えなかったが、そのかわり小石川養生所の様子を細かく語った。地獄花のために痴呆同然になっている人々が収容されており、治る見込みも少なく苦しんでいるというのだ。

「何の罪もない者を……私は人として許すことができないのだ」

定信の潔癖なまでの正義感を、聖四郎は嫌いではなかった。だが、やはり世が世ならば、天下人になっていた権威と権力の持ち主である。大上段に振り上げた正論を、素直に受け入れられない心地悪さがあった。長年、市井で暮らす聖四郎にとっては、当たり前の感情であった。

「聖四郎……」

と、定信は小声になって、耳元に何かを語ろうとした。

——ほら、来た。

と聖四郎は思った。どうせ貞吉に近づいて何か探れと言い出すに決まっている。そうと察して、

「権勢には近づかぬ。それが俺の変わらぬ思いなんでね。ましてや、御公儀の犬になるつもりもありませんよ」

聖四郎は定信が引き留めるのも聞かず、スタスタと表通りへ歩き去った。

そんな様子を——。

藤乃屋の番頭がじいっと見つめていたのを、聖四郎も定信も気づかないでいた。番頭の異様なほどの険しい目は、暮れ始めた夕陽を浴びて、まるで出血しているようだった。

尋常でない目に気づいたのは、客を送り出した貞吉だった。

「どうした、銀八（ぎんぱち）」

「あ、いえ、別に……」

商人にしては筋肉質で、動きもテキパキとしている銀八は、貞吉に一礼をして、持ち場に戻った。

「変な奴だ……」

貞吉は、ふと数間先の通りに目をやった。

「………」

そこには、聖四郎の後ろ姿があった。足早に立ち去っている。

「何を探ってやがる……」

と貞吉は卑しい目つきになって、いつまでも見送っていた。

三

その異変を知ったのは数日後の朝、聖四郎が日本橋の魚市場に出かけた帰りだった。

高札場にも書かれていたが、それよりも人口に膾炙（かいしゃ）した噂話の方が早かった。

貞吉が町奉行所に捕らえられたのである。

「私が斡旋？　地獄花？」

南町奉行所の吟味与力による取り調べが、吟味所の白洲で行われた。貞吉は、泰然と構える与力の前で、丁寧にもう一度、尋ねた。

「私が、地獄花というものを、人々に売っていたとおっしゃるのですか？」

「さよう。隠密廻りの同心が調べ出しておるのだ。言い訳はできぬぞ」

と吟味与力は、調書であろう、何やら綴り物を取り出して眺めながら責めたてた。

「はて。何のことだか、私にはさっぱり分かりません。第一、その地獄花とは、どのような花なのです？」

「惚け通すつもりか？」

「惚けるもなにも……ほんとうに、何のことだか……」

首を傾げる貞吉に、いい加減にしろとでもいうように閉じた扇子を突き出して、

「ならば、これを見るがよい」

と傍らの同心に目配せをすると、白木台に載せた数本の組み紐を差し出した。いずれも友禅織りや加賀織の上等なものであしらった逸品で、金箔が輝いているように見えた。

「これは、おまえの店で扱っている品だな」

「手に取ってよろしゅうございますか？」

「ああ。構わぬ」

貞吉は丁寧に扱って組み紐の一本を掌で転がすようにじっくり眺めてから、元の台に戻して、

「たしかに、かような組み紐を扱わせていただいております」

「では、この組み紐のカラクリを知らぬ、とは言わせぬぞ」

吟味与力は俄に老獪な顔つきになって、意味ありげな笑みさえ浮かべながら言った。

「カラクリじゃ。知っておろう」

「どういうことでございましょうか。先程から、まったくお話が見えませぬが」

「さようか……」

脇差を少しだけ抜いた吟味与力は、組み紐を一本手にすると、刃で斬ってみせた。すると、組み紐の中から、白い粉がさらさらとこぼれ落ちて、壇上の板間を白く染めた。

「…………」

貞吉は動揺もせず、じっと白い粉を見つめていた。

「おまえは、かように組み紐や羽織の裏地に地獄花を隠し、大名の奥向きや大店の者たちに売りさばいていたのであろう。違うか？」

「お待ち下さい、与力様」

と貞吉は背筋を伸ばした。

「確かに、それと同じ組み紐は、私どもの店で扱っておりますが、他の店でも売っているのではありませんか？」

「藤乃屋から買い求めた、という証言ばかりだが？」

「知りませぬ。てまえどもの店でも蔵でも、とくとお調べ下さいませ。ならば、私の無実もはっきりといたしましょう」

「そうか、白を切るか」

と吟味与力がにやりと笑うので、貞吉は初めて苛ついた顔になった。

「白を切るなど……私は断じて知りません！」

「分かった。そこまで言うなら、お上としても、徹底して取り調べをせねばならぬ。被害者が出ておるのは事実。おぬしが白か黒か、はっきりするまで、町奉行直々に尋問をした上で、小伝馬町牢屋敷預かりとする。さよう心得よ」

「ろ、牢屋敷……」

　さすがに貞吉も青ざめた。

　小伝馬町牢屋敷は、重追放以上の重罪の未決囚が入れられる牢である。御仕置き伺いがあると、老中自ら、仕置掛奥右筆の調査や意見を参考にして、町奉行に指示を下す。

奉行所内の仮牢で済まないほどの重罪に、貞吉は愕然となった。幕府の許可なく阿片を扱ったとなると遠島では済まない。阿片によって死人も出ているから、証拠が揃って、刑が確定すると、毒薬を売ったのと同罪で『獄門』は免れない。

そう思うと貞吉は、膝が震えてならなかった。島送りの苦しさを堪えた貞吉だが、命を奪われるかもしれない恐怖におののいた。

小伝馬町牢屋敷は皮肉にも、貞吉の呉服問屋『藤乃屋』のある亀井町からは目と鼻の先にあった。路地にして三筋。掘割の小舟を使えば一本筋の近場だった。

藤乃屋には、町方の同心や岡っ引が物々しく出入りしていた。組み紐や裏地以外に、地獄花を隠しているに違いないと踏んで、番頭や手代らを店の外に出させて、店内や住居を隅から隅まで探していたのである。

離れには、貞吉の老母・つねが、うなだれて座っていた。島送りにされた後も、つねは不肖の息子の無実を信じて、世間の冷ややかな目に堪えて暮らしていた。もちろん、つねが悪いわけではないが、人に死ぬかもしれないほどの怪我をさせた貞吉のことを、必要以上に悪く言う者もいる。

つねは向島の田舎家にひっそり暮らしていたが、古くからの知り合いや親戚の者は時折、訪ねていた。

聖四郎も、その一人だった。だから、今度また、お縄になったと聞いて、何よりもまず老母のことが気になって駆けつけて来たのである。しかし、目の前では、老母の心中などお構いなし。同心たち役人は、犬猫でも扱うように冷徹に探索を進めていた。

「心配することないよ、おっかさん。貞吉はそんな悪いことをする奴じゃないから」

優しく背中を撫でる聖四郎に、つねは悲しげな目で小さく頷いていた。髪はすっかり白くなり、肌もまるで剥げたように粗く、七十もの年輪を刻んだ皺が痛々しい。聖四郎は早くに母親を亡くしているから、庖丁道を一緒に邁進していた頃に、色々と励ましてくれた貞吉の母親のことを、自分の実の母のように慕っていた。

「気をつかって貰ってありがとうね」

「いや。俺は貞吉を信じてるよ」

「でもね、聖四郎さんだから言うけれど……」

と、つねは少し喉の奥に引っかかるような物言いになって、「薄々感じていたんだよ。貞吉のやつは、何か悪い事に手を染めてるんじゃないかってね」

「どういうことだい？」

聖四郎はつねの前に座り直すと、その皺だらけの手を握りながら、

「心当たりでもあるのかい？」

「なんだか人相の悪い連中や薄汚い浪人たちが出入りしてたんだよ」

「この店にかい？」

「ええ。夜遅くなるとね……勝手口から、自由に出入りしてたみたいでね。酒を飲んではドンチャン騒ぎするのも、しばしばで……ま、それは、まだ若いから仕方ないけど……」

「仕方ないけど？」

「……なんだか、貞吉はそんなに楽しそうじゃなかったというか……」

母親ならではの感じ方なのかもしれない。世の中の誰もが見捨てた極悪人でも、母親だけは信じているものだ。その母の心に勝る愛情はない。

「どこの誰だか、分かるかい？　出入りしてた奴ら」

「そこまでは……でも、聖四郎さんや、なんとか、うちの子を……助けてやって下さい。本当は心根のいい子なんだ、本当は……」

涙声になるつねの手を握り締めて、聖四郎は穏やかな笑みを返した。

「安心しなさい。貞吉とは、何年も一緒に庖丁で、それこそ鎬を削りあった仲だ。俺がついてるから、大丈夫だよ」

「ありがとう……ありがとう。うう……」

握り返してくる母親の手には力がない。その弱々しさに、聖四郎の胸の奥に切ない思いが滲んできた。

ふと中庭を見ると、声を上げながら地獄花を探している同心たちとは別の、得も言われぬ苦い殺気を感じた。

——苦い殺気。

剣術の奥義を極めたものでないと、なかなか体感することのない、繊細なものである。腕力とか体力ではない。精神の断片というか、浮遊する「気」を本能的に知覚するのだ。

その感覚に引きずられるように、中庭を振り返ると、喧騒の中から、一人の男がじっと聖四郎とつねを見ていた。番頭姿である。

「あれは？」

さりげなく、母親に訊いた。

「番頭の銀八さんだよ……わたしゃ、どうもあの人の目が嫌いでね……」

すぐに目を逸らした。聖四郎は銀八の凍てついた射るような目が気になって、もう一度振り返ったが、その姿は消えていた。

「――ありゃ、ただの番頭じゃないな。やはり、貞吉の知らない何かが……」

銀八の姿を求めて、聖四郎は中庭や裏庭、勝手口の外を探した。

すると、掘割の方へ向かっている後ろ姿が見えた。姿勢を少し前屈みにして、すり足気味に小走りで行く。まるで忍びの鍛錬を受けたような挙動だった。

――忍び……まさか……。

脳裏にちらりと浮かんだが、打ち消した。地獄花を扱っているとはいえ、忍びが関わるような裏があるというのか。

――待てよ。松平定信が町中を微行姿でうろつき、諸国にも隠密を放っている。泳がしていた貞吉も捕らわれた。やはり、老中が動くほどの大事があるというのか。

平穏な町中を銀八を尾行しながら、聖四郎の心は大きな不安にとらわれた。

ふいに銀八が路地を曲がった。聖四郎が素早く追いかけて飛び込むと同時、どこからともなく、八方手裏剣が数本、飛来した。

「うっ！」

寸前、見切った聖四郎は体を低くして、路地を駆け戻り、土塀に身を隠した。

――やはり、奴は只者ではなかったようだ。

再び、路地の中を覗いた時に、銀八の姿はどこにもなかった。何処へ行ったのか気になったが、その先は行き止まりで土塀があるだけ。隠し扉がある様子もない。塀をよじ登って消えたのか……聖四郎は見失ったことへの苛立ちよりも、

――こんな奴らと関わりがあるのだ。貞吉の身の上が心配……。

であった。

四

すべてを分かり合っていたはずの友。その友を信じられなくなることは、まれにあることだ。

考えてみれば、聖四郎は貞吉のことをよく知らなかったのかもしれない。今すぐにでも貞吉に会って、事の真相を訊きたい。だが、牢の中に入ることなどはできない。

――松平定信に訊いてみるか。

とも思ったが、それもまた逆に貞吉の身を危うくすることにもなりかねない。聖

四郎は思案に暮れていた。

そんな矢先、銀八を見失った翌々日のことだ。田原町から蔵前などの得意先に挨拶廻りをして、御厩河岸の渡し舟に乗っている時に、仲間同士と思われる浪人者が三人乗っていた。その一人が聖四郎に鞘当てをして、

「武士の魂に傷をつけるのか！」

といきなり威圧的に襟首を摑んできた。この渡し舟は客が多く乗り過ぎることが多々あり、転覆する事故もよくあった。そのため、三途の渡しと揶揄して呼ばれていた。舟の揺れが激しくなり、他の客が恐がるのも構わずに、聖四郎に絡んでくる。

——わざと鞘をぶつけた。

のは相手だと重々承知している。だが、こんな奴を相手にしても、しょうがない。聖四郎はひたすら謝る一手だった。

ところが、大川西岸の元公儀の厩があったあたりに、渡し舟が着いた途端、浪人三人は聖四郎を引きずり下ろすと、

「さように謝ってすむことではない。武士の魂を汚されたうえは！」

と三人ともいきなり抜刀し、問答無用で斬りかかってきた。するりと相手の刃の

下をすり抜けて、腰の一文字の柄に手も当てず、

「おいおい。そこまですることはないだろう。鞘に当たったのなら謝る。俺だって武士の端くれ、誇りもある。だがな、斬りあうほどのことはなかろう」

と聖四郎は悠長に言った。そのおっとりした物言いが、浪人たちには益々、癪(しゃく)にさわったとみえた。

「貴様！　それでも武士か！」

間髪容れず、二振り、三振りと斬り込んで来る。太刀筋は悪くない。その気合いは並々ではない。三人のうち頭目格の一人は、新陰流(しんかげ)を嗜(たしな)んでいると見た。頭部を一太刀で打ち砕く剣と喉への突きを変幻自在に操る必死の術であり、足や腕を斬って痛めつけるという軟弱な剣ではない。

「死ねい！」

と激しく打ち込んで来る気迫に、聖四郎はたまらず身構えて一文字をサラリと抜き払った。頭目格の浪人は、一文字独特の反りと鎬の美しさ、銘刀の輝きを一瞬にして分かったのであろう。斬りあえば、

——自分の刀が折れる。

と判断したに違いない。スッと後ろ足を引いて間合いを充分に取った。だが、他

の二人に見る目はない。受けの太刀など考えず、攻撃一辺倒で打ち込んできた。一刀両断の新陰流らしい斬人剣だが、

カキン！　バキン！

聖四郎の猛烈な剣捌きで、浪人二人のなまくらな刀はポキンと折れてしまった。庖丁と同じ。焼き入れや焼き戻しをいい加減にした刀であろう。宙を舞って折れた刀の先っぽが、不幸にも浪人の一人の肩に突き刺さった。剛の者を名乗るには、あまりにも情けない声をあげてのたうち回った。

頭目格は聖四郎の腕前を低く見ていたのを後悔したのか、間合いを取ったまま打ち込めないでいる。

「な、怪我で済みそうにない。このあたりでやめておかないか？」

のっそりと提案する聖四郎だが、斬り込んで来れば、その喉元を突くと牽制するように切っ先を微動だにせず向けていた。

その時である。

駒形の自身番の方から、町方同心と六尺棒を抱えた捕り方数人が、血相を変えて砂塵を散らしながら走って来る。誰かが騒ぎを報せたのであろうか。

「待て待て！　そこな浪人ども！　町中で刃傷沙汰とは何事だッ！」

他にも同心が二人、挟み打ちにするように捕り方を連れて駆けつけて来ている。まるであらかじめ待機していたかのように、迅速で力強い動きであった。

浪人たちは刀を投げ出し、武器はないと掌を見せて地面に座り込んだ。聖四郎は突然の出来事に、刀を鞘にしまいもせずに立ち尽くしていた。

「貴様！　お上に刃向かう気か！」

「いや、俺は……」

弁明をしかけたが、六尺棒が何本も眼前や腹回り、足元に突き出されてくる。はねのけることはできたが、下手をすれば立場が悪くなろう。感情を抑えた。だが、なぜか、捕り方たちが一斉に捕縛しようとしたのは、聖四郎の方だけだった。

――なんの真似だ。

聖四郎が怪訝に思った時、浪人の頭目格が渡しの桟橋の方をちらりと見た。茶店の葦簀(よしず)張りの陰に、藤乃屋の番頭がいた。銀八である。

――あいつ……浪人どもは、あの番頭と繋がっていたのか……待てよ。ということは、俺の命を狙って来たのか？　やはり何か、勘ぐられてはまずいことが……。

聖四郎はあえて大人しくしていたが、同心は乱暴に引っ立てた。途端、浪人たちは大袈裟にわめいた。

「見てくれよ、この肩を……」

と切っ先の突き立ったのを見せて、「あのやろう、俺たちに因縁をつけて、こんな大怪我をさせやがって……」

わざとらしく嘆くふりをした。

大番屋に連れて行かれた聖四郎は、そこで定町廻り同心から簡単な質疑を受けて、早々に奉行所の吟味方与力に送られた。

「いいがかりをつけて来たのは、向こうですよ。渡しの船頭や同乗した客に聞いてみれば分かることだ」

反論したが、与力は相手にしない。

「だが、おまえが傷つけたのは動かぬ事実。医者も、鎖骨が折れ下手をすれば肺臓に突き抜ける恐れもあったというぞ。しばらく牢に入っておれ」

「牢に……」

仮牢ではない。貞吉が送られた小伝馬町の牢屋敷送りである。

——やはり、罠か……。

それならそれでいい。渡りに船だ。貞吉を追って牢屋敷に入ることができる。松平定信が言っていた、〝地獄花〟を裏であやつっている悪党をこの手で炙り出してやろうではないか。聖四郎の秘めていた正義の血が滾った。

四方を堀に囲まれた小伝馬町の牢屋敷は、近づきがたい表門を中心に土塀で囲まれて、約二千六百坪余りの広さがあり、常に四、五百人の囚人が収容されていた。

表門には西日が強く射しており、聖四郎が連れて来られた時には、近くの通りに人気は少なく、鬱蒼とした枯れ草が手招きしているようであった。

——何かあると思って、わざと与力のいいなりになったが……やはり気持ちのいいものではないな。

牢屋敷は町奉行支配である。牢屋奉行は代々石出帯刀によって管轄されていた。牢屋同心は六十人もいたが、牢内においては、高盛役人と呼ばれる囚人たちに取り締まりをさせていた。目端の利く者が牢名主となり、その役を仰せつかっている。囚人たちの処遇は牢名主に渡す金品に応じて決定するといっても過言ではなかった。

南町奉行所から受牢証文を受け取った、鍵役と呼ばれる牢屋同心が、聖四郎を連れて来たのは、揚屋ではなく、大牢であった。揚屋とは武士や僧侶が留置される部屋。大牢とは庶民が入れられる部屋。他に、無宿人が入る二間牢や百姓牢、女牢などに分かれていた。

仮にも聖四郎は旗本待遇の武士である。お目見得以上なので揚屋が相当なのだが、誰の差し金か、大牢に決められた。だが、それは幸いなことであった。貞吉と思いもかけず早く再会できたからである。

粗末な着物に着替えた聖四郎は、留口から牢内に入った時、牢の上座に積み上げた畳の上に胡座をかいている髭面の男を目にした。その周りに、数人の子分風の男たちがはべっている。

「……新入り。挨拶は」

と牢名主がいった。

聖四郎は何も答えず、大牢の片隅で俯いて座っている貞吉に近づこうとした。

「待ちな、新入りッ」

一番役と呼ばれる牢名主の手下が、聖四郎の腕をぐいとねじ上げた。極まってはいない。軽くかわしたからである。だが、必死に一番役は摑もうとする。聖四郎の腕は鰻のようにするすると逃れて、

「貞吉。無事だったか」

と声をかけた。

顔を上げた貞吉は、優曇華の花でも見たように驚いた。三千年に一度だけ花が咲

くといわれている桑の一種である。

「せ、聖四郎……！」

「貞吉！　おまえ、本当に地獄花を売っていたのかッ」

聖四郎が貞吉に近づこうとすると、牢名主の取り巻きたちが壁のように立ちはだかった。海老六(えびろく)、尽吉(じんきち)、捨三(すてぞう)という牢内では名の知れた幹部連中らしい。それぞれ毒のある顔をしている。人の心など一分も持ち合わせていない凶悪な笑みを浮かべている。

「初牢の奴は、それなりのことをしなきゃならねえ掟があるんだ」

海老六がキメ板でバシリと聖四郎の尻を叩こうとした。ひょいと避けると、その板がもろ尽吉の股間に命中した。

「うぎゃッ」

のたうち回るのを横目に、海老六と捨三、そして下っ端の次助(じすけ)らが素早く、懐から鑿(のみ)や千枚通しを取り出した。一撃で人を殺せる凶器である。

「………」

聖四郎が牢扉を振り返ると、鍵役の同心も牢番人も知らん顔をしている。それどころか、貞吉以外の囚人たちが、凶悪な目を向け、ずらり立ち上がって聖四郎を取り囲んだ。まさに殺意の人垣である。いくら武術の達人でも一挙に来られては、狭い場所でもあるから、逃れることは厳しい。

　牢名主がぼそりといった。

「焼きを入れてやんな」

　海老六が野獣のような声を発した途端、捨三たちが津波のように襲いかかった。

が……ぶっ倒れたのは次助だった。

「うぎゃあああ！」

　片目から鮮血が噴き出している。一瞬の隙をついて、聖四郎は次助の腕をねじ上げ、そのまま鑿の尖端を目に突き刺したのだ。残酷だが、どうせ娑婆（しゃば）に戻ってもまっとうな人間の害になる奴ばかりだ。役人も素知らぬ顔をしているのなら、自己防衛のためには大袈裟に対応した方がよい。そう判断したのだ。

　案の定、囚人のほとんどは驚愕して、蜘蛛の子を散らすように飛び散った。のたうち回る次助の姿を見ても顔色ひとつ変えないのは、牢名主だけだった。

「親分！　文蔵（ぶんぞう）親分！」

　子分たちがすがるように畳に駆け寄る。どうやら、外の世界でも親分子分の関係にある奴らしい。すがりつく海老六を足蹴にすると、文蔵と呼ばれた牢名主は立ち上がりながら、畳の隙間からスウッと一本の仕込み刀を取りだした。

「ああッ」

囚人たちは大牢が狭く感じるほどの恐怖を覚えながら、部屋の隅まで逃げた。貞吉も怯えた顔で見ている。

「ここは地獄の一丁目だ。命が惜しけりゃ、おとなしくするんだな」

牢名主は刀を抜き払って振り上げ、重ねた畳から、聖四郎を目がけて打ち下ろして来た。

エエエエイ！

と裂帛の叫びを上げた牢名主だが、聖四郎から見れば、枯れ葉が舞い落ちるほどの動きにしか見えなかった。ひょいと体をかわし、勢い余って前のめりになる文蔵の腰を送り出し、たたらを踏みそうになるのへ、思い切り足払いをした。文蔵は奥の壁にしたたか顔を打ちつけて、鼻血が噴き出した。

仕込み刀を奪った聖四郎は、それを格子の隙間から廊下に投げ出して、

「牢内なんだから、みんな仲良く暮らそうではないか。まだまだ立ち直る機会はあるだろうからな」

と言って、文蔵の腕をねじ上げた。

「うぎゃああ！」

「大袈裟だな。牢名主の名が廃るぞ」

ハハハと笑う聖四郎を、貞吉はあんぐりと口を開けて見ていた。

五

牢名主は牢屋奉行の石出帯刀が直々に任命する慣習になっている。それに続く添役とか角役は、牢名主が命じる。それで牢内の均衡が保たれていたのだろうが、今度ばかりは勝手が狂ったようだ。

文蔵は、牢詰めの医師に治療を受け、元通り畳の上に座っていたが、聖四郎には敵わないと分かったのか、無理難題を吹っかけるどころか、口も聞かず、目も合わさなかった。牢内の囚人たちも、

――本当は聖四郎が一番強い。

と認めたため、それまでの独裁者に支配されていたような緊張がほぐれ、小声で話を交わすゆとりさえ出ていた。

が、問題は、就寝後のことだった。

　煎餅布団に所狭しと寝ている。寝返りも打つことができない状態で、半分折り重なるように横になっているだけだ。鼾（いびき）や歯ぎしりで眠れない者もいるはずだ。

　板間の隅っこで横になっていた聖四郎は、背中に感じた気配にサッと腰を起こした。

「シッ」

　と指を立てたのは、暗くてよく見えなかったが、貞吉だった。貞吉は膝を揃えて窮屈そうに座ると小声で、

「用心しろ。今日は眠っちゃだめだぜ。作造りされるぞ」

　作造りとは、窮屈な牢屋敷の中で、座席を少しでも広くしたいがために、囚人を暗殺することである。ひどい時には、一晩で、三人も四人も殺されるという。どうせ世間では極悪を尽くした人間たちである。死罪や遠島になるような奴らの死に、牢屋同心たちも同情はしなかった。刑が確定して処刑をする手間が省けた、と思う役人もいて、

　――牢内にて、病死。

　で片づけてしまうこともあった。

　いくら腕利きの聖四郎でも、寝込みを襲われては防御ができないので、貞吉は心

配をしていたのだ。囚人たちは牢名主のことが気にくわないが、牢屋奉行が文蔵をその立場に置いておく限り、いいなりにならざるを得ない。聖四郎に味方したくても、できない雰囲気はまだ残っていた。

「しかし、なんだって、こんな所へ……」

貞吉は音に出さず掠れた声で言った。

「俺にも分からぬな。誰かに罠にはめられたのは確かなんだがな。——恐らく、俺をここに入れた吟味与力も、組んでいるんだろうよ。ま、それはとにかく貞吉、おまえに会えてよかったよ」

「……」

「なあ、地獄花を売っていたというのは嘘なんだろ？　人が生きながらにして地獄を見る、おまえがあんなひどいシロモノを売りつけるなんて、俺には信じられない……庖丁を捨てたのは残念だが……折角、立ち直って、いい商売をしてるんじゃないか。おふくろさんを心配させるようなことは、してないよな」

「うだうだうるせえな、相変わらず」

小声だが突き返すように言うと、貞吉はじぶんの寝床に戻って布団を被った。

「貞吉……」

返事はない。だが、その態度から、地獄花と深く関わっている様子は分かる。

――やはり、貞吉は……。

聖四郎は、どうしたものか、と眠れずに思案に暮れていた。

今一人、眠らずに、闇の中で目を爛々と輝かせている者がいた。重ね畳の上で寝そべっている文蔵である。聖四郎を警戒しているのではない。

――奴は何者か……。

ということを、思いめぐらせ、考えていたのである。


翌朝。一睡もしなかった聖四郎は、さすがに疲れた顔で、食事を取っていた。

牢の食事は一汁一菜の粗末なものである。とても人間が食べるものとは思えない薄味で腐臭すら漂っていた。それでも、囚人たちは、唯一、これだけが楽しみだというように、かき込んでいる。

その時、いきなり捨三が海老六の煮物を箸で突いて、ぱくりと食べてしまった。

「てめえ！　何しゃあがんだ！」

海老六が癇癪（かんしゃく）を爆発させると、

「ヘッ。もったいつけて残しとくからだよ」

「ふざけンなッ」

突然、足場の悪い岩が崩れるように、取っ組み合いの喧嘩になった。

「てめえ、ぶっ殺してやる！」「おまえこそ、前々から腹に据えかねてたんだよ！」

「死ね、このやろう！」

などと物凄い剣幕になって、食膳を吹っ飛ばし、止めようとする他の囚人たちも混じって大乱闘になった。片隅で黙々と生臭い汁をすすりながら、平然と見ていた聖四郎にも苛立ちが湧き起こった。飯が不味かったからである。

「よさないか。不味い飯がますます不味くなる」

「なんだと、やろう！」

海老六が立ち上がろうとする聖四郎に組みついてくる。肘打ちをくらわせて、その勢いのまま投げ飛ばした。海老六や他の囚人も堰を切ったように凶暴な顔になって、貞吉も巻き込まれ、お互いが殴り合いになって収拾のつかない状態になった。

「こらッ。おまえら、やめろ！　やめんか！」

鍵役同心と牢番たちが、木刀や六尺棒で囚人達の背中や肩を叩きながら、押し入って来る。鍵役同心は険しい顔になると、畳の上でふんぞり返って乱闘を眺めていた文蔵を引きずり下ろし、ガツンと頬を殴った。

「文蔵！　貴様がいて何て様だ、これは！」

「へえ、申し訳ありやせん」

素直に謝る文蔵の目と、聖四郎が投げた視線がバチリとぶつかった。

——妙だ。

と聖四郎が思った次の瞬間、

「乾聖四郎、海老六、捨三……それから、貞吉。来い！　文蔵、おまえもだ！」

と鍵役同心が怒鳴った。

一瞬、しーんとなった大牢の囚人たちは、さすがに牢屋同心に逆らえばマズいと心得ているのか、大人しく座った。それでも、

「おめえが先にやったんだろうが」「うるせえ、てめえが生意気なんだよ」

とまだ揉めている海老六と捨三の尻を、鍵役同心は蹴った。

「つべこべいわずに、さっさと出ろ！」

なされるがままに、文蔵たちと一緒に、聖四郎は遠くまで見渡せるほどのまっすぐの廊下を歩き、西大牢の浴室近くにある拷問蔵へと連れて来られた。

明かり取りの高窓がひとつあるだけの薄暗く、ひんやりした部屋だった。

笞打ち、石抱せ、海老責め、釣責めなどに使う拷問道具がずらり並んでいる。鍵

役同心が聖四郎たちを拷問蔵に押し入れると、外から分厚い扉を閉じた。小窓から、

「後はしっかりやれ」

とだけいって、鍵役同心は去り際に、ふっと笑いを浮かべた。

「おい……」

聖四郎が怪訝に思い声をかけたが、鍵役同心は小窓も閉じた。

聖四郎が振り返ると、文蔵が獰猛な目つきで立っている。

「おまえにゃ、ここで死んで貰うよ。拷問にかけてな」

「拷問？　お奉行から命令があったのか？」

「牢で死んでもな、お役人に逆らった咎で、お仕置きをしたで済む」

傍らで、海老六と捨三が、いつの間に持っていたのか、匕首を聖四郎の両脇腹にあてがっていた。

「鍵役同心もつるんでるのか」

「奴は見て見ぬふりをするだけだ。地獄の沙汰も金次第ってとこだ」

「袖の下を渡してるのか」

「そんなことより、てめえの命を心配しな」

聖四郎は脇腹にチクリと感じる刃先を気にしながら、文蔵を見据えて、

「そうか……俺を殺るのが狙いだったのか。なぜだ、え？　なぜなんだ」

「さあ、なぜだかな……公儀重職は隠密を放っている。貞吉、いずれおまえが売人だという証拠を突き止めるだろう。一生牢屋暮らし、いや、下手すりゃ獄門台行きだ。それでもいいのか？」

貞吉は必死に首を振った。

「だったら、ここから逃がしてやる」

「そんなことが？」

「ああ。できる」

その文蔵の言葉に貞吉の目が希望に輝いた。

「待てよ……」

聖四郎は話していることが、分からないというふうに、顔をしかめた。文蔵は口をくちゃくちゃさせながら、獣の目をしているだけだ。饐えた汗の臭い、血の染み込んだ拷問部屋の淀んだ空気が、聖四郎を落ち着かなくさせた。

「売人とはどういうことだ。まさか、おまえたちも地獄花の……」

「俺たちも、じゃねえ。俺たちが、裏で扱ってたんだ。牢屋敷が隠れ蓑とは、お釈迦様でも気づくめえ」

と文蔵は勝ち誇って唇をゆがめた。

「なるほど。こういう筋書きだったのか……貞吉、おまえも一枚嚙んでたのか？」

「いや、牢屋敷がとは……知らなかった……本当だ」

と貞吉は肩を落として、「でもな……俺はおまえの考えているような甘ちゃんじゃねえ。博打や盗みで何度か牢に入っているうちに、この文蔵さんに勧められてよ……」

「本当に地獄花を売ったのか!?」

「そうでもしねえと！」

貞吉は自分でもたまらないほど激しい声をあげた。

「まとまった稼ぎができなかったんだよ！　シャバに戻っても白い目と借金の追い立てばかりだ。おまえみたいに、何もかもうまくいってる奴には、俺の気持ちなんか分からないンだよ！」

「まあまあ……」

と文蔵は貞吉の肩を軽く叩きながら、「こいつのように、牢で目をつけた奴はぞろぞろいる。ここは売人仲間を増やすのに恰好の場所ってこった。ふはは」

聖四郎はそんな文蔵の言い分など聞きたくもない。

「目を覚ませ、貞吉。地獄花によって心も体もむしばまれた人が大勢いるんだぞ。そんなひどい事をいつまでも続けるつもりか」

「うるせえ！　おめえの説教はもうこりごりなんだよ！」

「だとよ……覚悟しな」

と文蔵たちがコクリ頷くと、海老六たちが匕首で聖四郎の腹を突き刺そうとした。前々からよける隙を窺っていた。殺し屋ならばすぐにブスリとくる。だが、素人は一瞬、引いて突いてくる。その間隙をついて、聖四郎は二人を相打ちにさせた。

「うわッ」

海老六と捨三はお互い相手の腕を切ってしまった。だが、すぐさま、文蔵も隠し持っていた刃物を突き出して来た。その鋭さは他の二人と違う。聖四郎を外しても、貞吉を刺し殺すつもりだ。そう見えた。

――狭いところでは不利だ。まずい。

その時である。先程の鍵役同心が慌てた顔で舞い戻って来て、扉を開けた。

「ま、まずい。ここで殺すのはまずい。牢に戻れ」

「なに？」と文蔵の顔がゆがむ。

「牢屋奉行石出帯刀様の見回りだ。急げッ」

海老六が聖四郎の背後に回っているとは、不覚にも気づいてなかった。木槌で頭の後ろを打ちつけられた。

「うッ……」

聖四郎は昏倒してその場に倒れた。

六

吉原は江戸の華。世の中が不景気の風に吹かれていても、香しい灯りは消えることがなかった。遊郭の女芸者が奏でる〝すががき〟という楽曲の三味線の音色が響き渡り、若い衆が下足札の束をガラガラと鳴らして、見世開きの合図が流れる。仲之町の荻原楼では、高利貸しの重阿弥がまだ見世開きの前から、綺麗どころをはべらせて酒肴を楽しんでいた。

馴染みの花魁三島太夫の酌をする手ももどかしいくらいに、重阿弥は顎やうなじを撫で回している。太夫の横兵庫髷も香しく、だらりと揺れる熨斗結びの帯と艶やかな小袖は、殿方の情欲をそそるように、少しくずれていた。

「田原玄蕃とか申したかな」

と重阿弥が振り返ると、下座の方では、若侍が酒に頬を染めて陽気に踊っている。例の松平定信の密命を帯びている若侍である。もとより、重阿弥はまだ気づいていない。そう装っていた。

「田原とやら、おまえ、なかなか楽しい奴だな。若いから遠慮せず、好きなだけ女を抱けよ。ふはは」

と言うが、重阿弥の顔はどこか冷めていて、心の底から享楽している風ではない。田原の方も歌舞を披露したものの、本気なのかどうか分からない。お互い、腹の内を探り合っている雰囲気だった。

「どうですかな？　重阿弥さんも少しは踊ってみたら、どうです？」

「無役の旗本とはいえ、おぬし、かなり放蕩三昧をしてきたようだな」

元は武士なのか、鷹揚なものいいである。

「浮き世は、楽しむために生きているのではないのか？　酒に、女。そして……地獄花が一番」

「なんだ、それは？」

と、わざと重阿弥は訊いた。

「知らぬのか、地獄花を……これを使うと綺麗さっぱり憂さは消え、心は晴れ晴れ、体も軽うなって、なんだかウキウキしてくるぞ。ははは」

「……」

「ほれほれ、重阿弥殿。その辛気くさい顔。いくら金があっても、そんな顔をしておっては生きる張り合いもなかろう」

田原はゆっくり重阿弥に近づいて、

「どうだ。あんたも一度、これを試してみては」

と羽織の帯を解いて引きちぎり、そこから白い粉をひねり出した。そして、誘惑するような声でささやく。

「これが地獄花だ……俺はこれが欲しくて、あんたから金を借りたかった……家屋敷とて売り飛ばしてもよい。ほれ」

白い粉を差し出すと、重阿弥はそれを手にして匂いを嗅いで、

「そんなに、これが欲しいのか？」

「ああ。たんまりな」

「ならば、これはどうだ？」

いきなり三寸ほどの針を煙草盆から抜き出して、田原の腕を掴むと浮き上がった血管にグサリと突き刺した。

「うッ。何をする」

「好きなのであろう？　飲んだり吸ったりするより、この方がよく効くぞ」

針には地獄花をたっぷり塗ってあり、直接血に交わらせて、体中をめぐらせる。その方が刺激が強く、より多くの快楽が得られるのだと、重阿弥は言った。

「おのれッ」

田原は脇差を抜こうとしたが、ガツンと殴られたように膝をついた。一瞬にして、目がうつろになっている。

「ふふふ。おまえこそ味わえ……本当の悦楽の極致をな」

重阿弥が三島太夫に目配せをすると、格子や散茶と呼ばれる遊女たちが、田原を獲物に見立てて群がり、嬌声を上げながら隣室に運んだ。朱色の布団が部屋中に敷き詰められており、どこにどう転んでもよい。淫猥な香りが漂っていた。

遊女たちは何がおかしいのか笑い声を発しながら、田原の着物をひっぺがして、丸裸にした。

「地獄花はその名のごとく、地獄のドン底でパッと咲く花なのだ。体は思うように動かぬが、意識ははっきり覚醒しておる。そして、体が己の意に反して、快楽を求めるのだ……ははは、そこが、なんともたまらぬのだ。ふははは。田原とやら、存分に楽しむがよいぞ」

田原の意識はどこかに飛んでいるようだ。だが、かすかに抵抗したい気持ちがあるようで、鍛えた両手両足が微妙に動いている。その体に、遊女たちの両手の指が蜘蛛のように這って行く。

「ほら。もっと遊んでやれ。もっと強く激しくじゃ」

と重阿弥は悪童のように囃し立てた。重阿弥の声がうわずってくる。何人もの遊女が群がる田原を見ながら、重阿弥もまた激しい悦楽の渦潮の中に沈み落ちていった。

聖四郎は闇の中で目が覚めた。

首の根っこに鈍痛と痺れが残り、頭の芯がまだくらくらしている。後ろ手にされて縄で縛られていた。やっとこさ起きあがって、壁に凭(もた)れたが、暗すぎて周りがよく見えない。

「……目が覚めたか」

貞吉の声だ。その声の方を向くと、種火が赤く灯り、なたね油に小さな炎が灯った。どうやら、聖四郎は気絶させられて、牢内のどこかに隠され、貞吉が見張り役をさせられているようだった。

　牢屋奉行が不意に見回りに来た時に、聖四郎は大牢の奥で横にされており、

「奴は腹の具合が悪いので横になるのを許しました」

と鍵役同心がごまかしたという。その後で、文蔵らがここに運び込んだのである。

「ここは？」

　聖四郎が訊いても、貞吉は答えない。

「貞吉……おまえをこんなふうにしたのは、俺かもしれないな」

「………」

　黙ったままの貞吉に、聖四郎は古い友人と何年ぶりかに会ったように、改めて温かく声をかけた。

「懐かしいな。俺とおまえが、備前宝楽流の竜虎と呼ばれていた頃が。庖丁式をやるために家老や豪商の屋敷に出向いたときなんか、若い女中たちまでが声を上げながら追っかけて来たよな……邪魔で、仕事にならなかったけれど」

　聖四郎は思い出し笑いをしたが、貞吉は暗い影を落とした顔のままで、そっぽを向いていた。

「庖丁の繊細な腕と庖丁式における度胸じゃ、おまえの方が一枚上だったかもしれ

ない。なのに……備前宝楽流庖丁人の代表として、公家の正月儀礼の宴(うたげ)には俺が選ばれた」

「……」

「なぜ、親父、いや、乾阿舟が俺を選んだか分かるかい？」

「さあな。見る目がなかったんだろう。でなきゃ、やはり、天下にその名を知らしめていた備前宝楽流の家元だ。てめえの子供の方が可愛いってことだろうよ」

「そうかな」

「そうに決まってるだろうがッ。庖丁道は茶道や華道とは違う。家元がその秘伝を伝えていくのでは、料理の本道に外れる。腕のあるもの、技を極めたものが伝統を継ぎ伝える。阿舟は常々そう言ってたのによ」

吐き捨てるようにそう言った。仮にも師匠だった人間を呼び捨てにするほど、貞吉はすさんでいたのであろうか。聖四郎にはそこまで腐っているとは思えなかった。

過去を気にしていることが何よりの証(あかし)だ。

「例えば、鮒鮨(ふなずし)切りだ。あれは生と違って、熟鮨(なれずし)だ」

塩漬けにした子持の鮒に、米を詰めて発酵させたものである。琵琶湖の国、下新川(しもにいかわ)神社の神事に使われるものとして有名だが、聖四郎も庖丁捌きの難しさはよく知っていた。一挙手ごとに、歌舞伎のような見得を切るのが躍動的で素晴らしい。

「しかし、あれは見得だけで切るものじゃない。庖丁と真魚箸だけで演じる芝居でもない。熟鮨の旨味を引き出すための〝太刀筋〟を確かにするためにやってんだ。それを貞吉、おまえは……」

「形ばかり気にしてたって言いたいんだろ。庖丁人の……男の見せ場だからってよ」

「そうだ。俺たちは刃に魂を込めて……」

「もういいよッ」

「もういいよ。そんな話は……昔のことだ」

貞吉は喉の奥で唸るように言った。

「いや。俺だって同じだったんだ」

「……」

「形にばかりこだわっていた。口では心を込めるだの、精神をぶち込むとか言ってたが、そう思うことで、おまえに少しでも勝りたい、負けたくないという一心だったのだ。貞吉、おまえに勝てたって喜んでたのは嘘じゃない。立場が逆であれば、俺もおまえのように、すねて飛び出してしまったかもしれぬ。庖丁なんぞ二度と手にするかと思ったに違いない」

聖四郎は遠い目になって、貞吉が乾阿舟のもとを立ち去った夜のことを思い出していた。丁度、今のように雪が吹きすさぶ夜で、着の身着のまま、背中を丸めて逃げるように立ち去ったのを、聖四郎は昨日のように覚えていた。

「おまえの……その気持ちがやっと分かったんだ」

「………」

「博打にうつつをぬかしてたって噂も聞いたよ……どこかで心を入れかえて訪ねてくれば、また一緒に庖丁を、と考えてたんだ」

貞吉はちらりと聖四郎の方を向いた。瞳に映った油灯りがかすかに揺らめいた。

「でも、おまえがどこでどう頑張ったのか。俺が貸したあの五両で、一端(いっぱし)の商人になったと知った時は、心底、嬉しかった……ああ、よかった。貞吉はやっぱり頑張りやがったんだって……他の弟子にも自慢してたんだぜ」

じっと聞き入っていた貞吉の口元が、ほんのわずか何か言いたげに動いて、穏やかな目を向けた。だが、闇に近い灯りの中では、聖四郎が気づくよしもなかった。

貞吉は、ゆっくり立ち上がって、

「雪かな……冷えて来た」

とだけ呟いて、傍らにあった布を聖四郎の肩にかけてやった。

七

掘割を一艘の小舟が来る。菰で覆われて中がよく見えないが、そこには重阿弥と目も虚ろな田原が乗り込んでいた。

船頭は、銀八。貞吉の呉服問屋『藤乃屋』の番頭が櫓を漕いでいた。

「重阿弥様。まもなくでございます。頭を少々下げて下さいまし」

と丁寧に重阿弥に声をかけた。

咳をするような返事が返ってくると、銀八は舟留めの杭の前に来て、すうっと櫓を反転させた。少し波立って舳先が回転して停まる。銀八が舟留めの杭に手を伸ばして少し斜めにすると、目の前の石垣がわずかな軋み音を立てて開き、小舟がやっと一艘通れるほどの洞穴が現れた。

石垣の洞穴の中に小舟が消えて行く。

狭い洞穴の水路の中で、ふいに田原が目を覚ましたように、

「――ここは、どこだ？」

「じきに分かる。またぞろ、地獄花で享楽にふけろうではないか」

「あ、ああ……」

簡単な踏み台があるだけの船着場が現れた。銀八は小舟を接岸させると、二人が渡れるように船縁を固定した。

そこから、さらに通路を行く。腰を屈めなければ歩くことができない。先頭で蠟燭を掲げている銀八に、

「この奥に何があるというのだ？　地獄花を隠し置いてあるのか？」

と田原が訊いたとき、ガガッと音を立てて目の前の木戸が横滑りして開いた。中から、赤みがかった光が解放されて、後光のように眩しく輝いた。

踏みいった部屋には目の前に煌めく鮮やかな金屏風や絨毯、見たこともない絵画や硝子細工や葡萄酒などが整然とあった。重阿弥は中央にある椅子に深々と腰を下ろすと、楽しそうに微笑み、葡萄でできた赤い酒の匂いを嗅いでから、ごくりと飲み干した。

「南蛮の酒もまた甘露なことじゃ」

と硝子器に注いで、田原に勧めた。ためらって見ているだけなので、

「赤い色だが地獄花は入っておらぬ。葡萄というものでできた甘い酒じゃ」

と重阿弥はケラケラわざとらしい高笑いをした。やがて、それが不気味な笑いに変わる。人を蔑み、いたぶる目である。

その時、一枚の壁を隔てた隣の部屋から、ささやく声が洩れ聞こえた。

「なんだ」

田原が不審がって見ると、銀八がゆっくり扉を開けた。

そこには、両腕を縛られた聖四郎と見張り役の貞吉がいた。

「ほ、ほう……そいつが何やら探っていたネズミか」

と重阿弥がギロリと聖四郎を見据えた。貞吉は隣に部屋があるとは思ってもみなかった。絢爛（けんらん）豪華な装飾に驚いた。

それよりも、銀八の姿に驚愕した。

「銀八……おまえ、どうして、ここへ」

「そろそろ、次の手をと思ってな」

ぞんざいに言う銀八に、貞吉は何が何だか分からないというふうに、重阿弥を見た。

「ご苦労であった、貞吉。おまえの店はもう公儀にすっかり目をつけられておる。もはや匿ってやる利もない」

「か、頭（かしら）……」

貞吉が目を鋭く細めると、銀八は吐き出すように、

「売人は他にいくらでもいるんだ。おまえはそこな公儀隠密共々、あの世行きだ」

と田原をギロリと振り返った。

「お、隠密⁉」

貞吉も驚いた。聖四郎は、

——こいつが、松平定信が放った徒目付なのか……。

と見ていた。田原はじっと黙して見ていたが、

「何を言い出す。俺は地獄花が欲しいためにだな……」

「ここには、清国から抜け荷で仕入れた地獄花を隠してある」

抜け荷とは密貿易のことである。

「おぬしも思うがままに味わうがよい」

と傍らの小箱から、地獄花を差し出した。

「さあ、田原とやら。飲むなり、打つなりするがよい。この世で一番気持ちいいものなんだろう？　何度も使ったことがあるのであろう？　先程のような愉悦を、死ぬまで味わいたいと思わぬか？」

「……」

「ほれほれ、薬効が切れてきた。欲しくて欲しくて、たまらなくなるぞ」

田原はじっと我慢をしていたが、急に額から汗が噴き出した。

「自分で使えるはずがない。おまえは地獄花をやってる形跡は何一つなかった。目に曇りなく、指先に震えもなかった……だから」

と、腕を摑んだ。田原に抵抗する力はなぜかない。重阿弥はその腕に三寸の針を突き刺した。まもなく、田原は膝からくずれ、腰砕けになって、遊郭で見せたように、目を白黒させて悦楽の顔つきになった。

「哀れな奴よのう」

重阿弥は抜刀するなり、田原の右手をスッパリ斬り刎ねた。それでも痛みを感じないのか、へなへなと仰向けに体をそりながら、急激に意識を失った。しぼむように体がくずれてゆく。止めを刺そうとするのへ、

「やめろ！」

叫んだのは聖四郎だった。

「貴様らッ。どういうつもりだ！」

重阿弥が血に塗れた刀身をぶらぶらさせながら、聖四郎に近づいて来た。

「ほう……おまえも隠密か？」

「残念ながら違う」

「貞吉とは古い仲だそうだな。しかも、名の知れた庖丁人だとか。命乞いをするなら、わしの料理番にしてやらんでもないぞ」

「そんなことよりも……」

と聖四郎は時を稼ぐために話を逸らした。縛られた縄をずっとほどこうとしていたのだが、少しゆるみができている。もう少しでとけるのだ。

「ここは一体何処なのだ？　俺は牢屋敷でいきなり頭を打たれ、気づいた時にはここに担ぎ込まれていた。牢名主の文蔵たちや鍵役同心も、おまえの手下なのか？」

「己の身が危ない中で、よくそんなことを考える余裕があったものだ。おまえも只者ではないな……やはり、そこな田原の仲間か」

「それは違うッ」

と踏み出て来たのは貞吉だ。

「こいつは、ただの庖丁人だ。料理を作る他に能のない奴だ」

聖四郎を庇っていると見たか、重阿弥は刀の切っ先を貞吉に向けて、

「おまえが、もう少しましに立ち回っておけば、公儀に目をつけられずに済んだの

だ。わしに意見するなど百年早いわ」

「……」

「もっとも、おまえを利用したのは、この秘密の場所と、藤乃屋はひとつ掘割で続いているから、ブツの運搬やら逃げ道やら、何かと便利だったからだ」

黙ってしまった貞吉を押しやるのを見て、「やはり、ここは牢屋敷の中だったのか」

と聖四郎が切り出した。

「ほう、勘が鋭い奴じゃな」

「貞吉の店は亀井町にある。目と鼻の先じゃないか。それに、牢名主や鍵役同心がつるんでいたとしても、死体でなきゃ堂々と牢外へ運び出すことはできまい。ということは、牢屋敷内のどこかだと容易に分かることではないか」

「おまえの言うとおりじゃ。だが、それを知った限りには、いよいよ娑婆に戻すわけにはいかなくなった」

重阿弥は刀を貞吉に手渡して、

「さあ、こやつはおまえの手で始末しな」

「えっ……」

「かつての親友をその手で殺す。そうしたら、本当にわしの手下として、これからも甘い汁を吸わせてやる」

貞吉はずっしりと重みのある刀を手にしたが、全身がぶるぶる震えていた。

「か、勘弁して下さい。こ、殺しだけは、どうか、勘弁を……」

「ば、ばか。折角の元締めのお情けを踏みにじる気か！」

と銀八が叫んだ。が、貞吉はうつむいたまま震えるだけで、動けない。重阿弥はその刀を取り上げると、チャリと鍔を鳴らして、聖四郎に向かっていきなり斬りかかった。思わず貞吉は目を閉じた。

「うぎゃあ！」

次の瞬間、叫び声を上げたのは、銀八だった。聖四郎が素早くよけたので、勢い余った重阿弥の刀が傍らにいた銀八の脇腹を薙いだのである。銀八がのたうち回って叫ぶので、重阿弥はその喉元を突いて、止めを刺した。

寸前、銀八が「助けて……」と喘いだが、間髪容れず殺したのだ。

──血も涙もない鬼夜叉めが。

聖四郎の心の底で怒りの沸点が弾けた。

縄をほどいて、すっと身構えている聖四郎は刀は手にしていないが、剣の達人であることは重阿弥にも分かる。

「かなりの腕とみた。だがわしも……」

と脇構えをしてみせた。攻撃的な構えであるゆえ、丸腰にとっては防ぐのが難しい迫力がある。

「新当流か……」

聖四郎が言うと、重阿弥はニタリ笑っただけで、勢いよく払ってきた。狭い場所で威力を発する剣である。半歩だけ下がって、聖四郎は柱の陰に身を寄せた。二の太刀を浴びせてくるが、素早く避けて、手元にあった茶器を投げつけた。

重阿弥の向こう臑に命中した。すかさず飛びかかろうとしたが、そこへ文蔵、海老六、捨三が天井から、縄梯子を垂らして滑り降りて来た。

「……」

ここは丁度、大牢の下だったのである。

「お頭！　早いところズラかりましょう」

「なんだと？」

「牢屋奉行の石出帯刀がまた見回りを！　恐らく、俺たちのことに勘づいたに違いない。早くッ」

文蔵は言いながら、片隅に置いてあった手桶の油を撒き、バッと火種を放り投げた。あっという間に、聖四郎と重阿弥の間に火の壁が立ち上った。

「待てッ！」

聖四郎が踏み込もうとすると、海老六がさらに油桶を投げつけてきた。その隙に、重阿弥は通路に戻り、小舟に乗って逃げるつもりであろう。そして、小伝馬町の牢屋敷を火事にして、一切合切を灰燼（かいじん）に帰すつもりである。

「ここも潮時じゃ」

叫ぶ重阿弥を聖四郎は睨んだ。

「どこへ逃げようとも、いずれお天道さんの下に晒されるのは、おまえたちの首だぞ」

「せいぜい強がりを言うておれ。火の地獄で死ぬがよい」

重阿弥は洞穴へ向かった。しばし、炎を見ていた貞吉に、文蔵が声をかけた。

「おい、さっさとしろい！」

「ああ」

と貞吉も、重阿弥の後を追った。だが、船着場に行かぬ間に、

「――か、勘弁してくれ……聖四郎を見捨てるわけにはいかねえ……あいつだけは

助けてやりてえよ……」

と元の隠し部屋に戻ろうとした。その背後に、文蔵がブスリと匕首を突き刺した。

「よほど、死に急ぎたいんだな……もっとも、てめえはもう用無しだ。あばよ」

グイと深く匕首をねじ込むと、蹴り押しながら抜いて、文蔵は重阿弥を追った。

意識朦朧（もうろう）となった貞吉が足を引きずって、地下の秘密部屋まで辿り着いたときには、火の手はさらに大きくなっていた。炎が燃えさかる中を、貞吉が必死に這いずってくる。

「せ、聖四郎……」

震える貞吉の手が、壁にある楔（くさび）を必死に摑んで、最後の力を振り絞るようにグイッと引き抜いた。

すると——轟々（ごうごう）と音がして、小窓から水が侵入してきた。元々は地下水路だった所で、掘割の水位調節のための石室だった。

徐々に水位が上がってくる。

「これで火は消える……聖四郎、は、早く、梯子を上って、上の大牢へ逃げろ……」

虫の息の貞吉を、聖四郎は抱えた。

「ばかやろう。おまえって奴は！」

懸命に貞吉の体を抱え上げる聖四郎の全身は鋼鉄よりも強靭であった。

八

虫の息の貞吉を、聖四郎は必死に抱きしめていた。大牢に這いずり上がると、囚人たちが助け上げてくれ、牢屋同心に保護されながら、石出帯刀の屋敷に運ばれた。屋敷は伝馬町の牢屋敷の敷地内にある。

「しっかりしろ、おい！」

貞吉を揺り動かす。牢医師が駆けつけて、止血処置を施してくれたが、傷は深い。肝の臓からかなりの出血をし、右の肺臓にも刃が届いていたから、もう手の施しようがなかった。むしろ、まだ生きているのが不思議なくらいだった。

「貞吉、おい。貞吉！」

聖四郎の叫び声が聞こえたのか、貞吉は朦朧とするなか目を必死に開けて、

「聖四郎か……助かったのか……よかった、よかった……」

「ああ。おまえのお陰だ」

「俺ア、つくづく駄目な男だなあ……おまえに勝てるわきゃねえのによ……おふくろに会わせる顔がねえ……あんなもんに手を出して儲けたんだからな……悪かったな、聖四郎」

「しっかりしろ。な、おふくろさんも、待ってるんだから」

「はは……迷惑のかけっぱなしだ……聖四郎、おふくろを頼んだぜ……」

「おい！」

貞吉は、閉じかかった瞼（まぶた）をもう一度、懸命に開いて、しっかりと聖四郎を見つめた。

「聖四郎、もう一度、おまえと庖丁を握りてえ……冬だからな……魚がうめえぞ……」

貞吉の目が潤んできた。きっと自分が庖丁をふるっている姿を思い浮かべているのだ。誰にも分かるはずがないが、聖四郎にだけは見える気がした。

「魚はな……やっぱり鯛だ……」

貞吉は手を握り締めて、かすかに聞こえる息で、聖四郎の耳元に語りかけた。

「鯛は細造りの昆布締めだ……昆布は松前（まつまえ）のもの……しかもオサツベに限る……昆布を見る目はおめえに負けねえよ……」

「ああ……」

聖四郎も二人が出会った頃を、きのうのことのように思い出していた。

父親の乾阿舟は、庖丁人にありがちなきつく乱暴な教え方はしなかった。どこか貴族のような品位の塊で、見ている方がいらつくほどしなやかな姿勢だった。正直、聖四郎にとっては物足らない師匠だった。

当然、弟子たちの腕の競い合いも、静かな闘いとなり、内に秘めたるものとなっていった。しかし、貞吉だけは違った。武家の出ではないが、庖丁式を任される人になりたいがために、田舎大名の賄い方に奉公し、下級武士の養子となったほどだ。料理こそが男の生き様だと思っていた。男の生き様とは、勝負だった。勝つか負けるかだった。だから、生ぬるい修業は嫌った。自虐嗜好と思えるほど、禁欲的に庖丁道に賭けていた。

だが、いくら頑張っても越せぬ壁がある。それが「血統」だと勘違いしたとき、貞吉の心の奥に空洞ができたのかもしれない。たとえ放浪の身でも、自由闊達な暮らしをしても、聖四郎には備前宝楽流の嫡男として、持って生まれた何かが備わっている。それには勝ち目がない。そう判断した貞吉には、一番信じていた庖丁を捨てるしか、気持ちが整理できなかったのかもしれない。

聖四郎はやっとその気持ちが分かった気がした。

「――真魚鰹は味噌漬けが一番だ……白味噌と酒の塩梅も、おまえにゃ負けねえぜ……伊勢海老の葛叩きも、譲れねえな……殻から身を取り出す技は……俺の方が鮮やかで……」

「ああ、そうだったな」

「聖四郎よ……本当にもう一度……おまえと一緒に庖丁を……」

無意識に庖丁を持つ仕草をしたが、その手ががくりとなった。

「おいッ、貞吉ィ！」

聖四郎の目にとめどもなく涙が溢れてきた。もう少し思いやることができなかったか。技量を過小に評価された貞吉のことを、腹のどこかでは、本人の修業が足らないのだと決めつけていなかったか。

――すまぬ、貞吉。俺こそ、おまえの本当の気持ちを知らなかったのかもしれぬ。

貞吉……貞吉ィ！

聖四郎は涙が涸れ果ててしまうまで、貞吉を抱きしめていた。

その夜、重阿弥の屋敷。

葛城の重阿弥は何食わぬ顔で、できたての汁ものを竹箸で味わっていた。その前には、文蔵、海老六、捨三も、一見して商人に見まがうほどの上等な着物に着替えて、同じ膳を楽しんでいた。

「今頃、小伝馬町の牢屋敷は蜂の巣をつついたような騒ぎでしょうな」

と文蔵が言うと、海老六も捨三も汁をすすりながら頷いた。

「ふふふ。わしと地獄花をつなぐ線はない。ましてや、それで稼いだ金で、大名どもがへえこら借り受けに来るほどの金貸しになったことも、誰も知らぬ」

「へえ」

「おまえらは脱獄したことになって追っ手がかかるだろうが、怯えることもあるまい。あの御仁が後ろにいる限りはな」

「はい」

と文蔵が続けて、「地獄花は、あの御仁の屋敷に、銀八が少しずつ移しておりやした。まだまだ儲けなければ、危ない橋を渡る意味がねえでしょ」

「文蔵。おまえは明日から、両替商伊勢屋じゃ。言葉使いを直せよ。ははは」

「へい……いや、はい。さよう心得ます」

重阿弥はぐいと酒をあおって、

「人がどうなろうと知ったことじゃない。大名に貸してその利子をいただく。時の権力者に金を貸すことが、一番の金儲けだと知っておるか？　地獄花もその貸し金を得るための手段に過ぎぬ」

手下たちは頷いている。

「いずれ、幕閣連中も地獄花漬けにして骨抜きにする。さすれば、買う金も欲しがる。それが大名や老中なら表沙汰にできぬだろうしな。ふはは」

重阿弥は妄想を膨らませていた。

「いや、それにしても……」

と文蔵は冷えた体を、腹の底からぬくめてくれた汁ものに感心していた。

「しばらく牢屋敷にいたせいか、こんなにうめえ汁を飲んだのは久しぶりだ……」

と他の料理にも箸を伸ばし、「この寒鰤(かんぶり)や蒸し物もたまらんなあ」

ともぐもぐ食べた。

「確かに……どことなく上品な、ふくよかな香りがしやすが」

「うむ。今日は賄い人も気を利かして、腕によりをかけたのやもしれぬな。ふふ」

と、重阿弥も満足そうに頷いた時である。

廊下に誰かが立つのが、障子越しに影となって見えた。直立したまま動かない。

「誰だ」

文蔵が問うと、声が返って来た。

「次の料理でございます」

「そうか。今宵はなかなかのものだと、ご主人様もご満悦だぞ」

と、言いながら立ち上がって障子戸を開けた捨三が、ギョッと体を反らせた。

聖四郎が立っていた。腰には漆黒に光る鞘に収まった一文字を帯びている。

「て、てめえ！」

捨三がいきなり匕首を抜いて突きかかると、その手をねじり返して、グサリと脇腹に突き刺した。

「うぎゃああ！　痛え！　痛えよ！」

わめく捨三の腰を蹴倒して、

「今すぐ外道医に駆け込めば傷を縫ってくれよう。命だけは助かるぞ」

「ひ、ひぇえ……」

捨三は這うようにして廊下を逃げ出した。

険しい顔で睨み上げながらも、重阿弥は悠然と構えている。床の間の刀は手を伸ばせばすぐだが、後ろを向いた途端、

——斬られる。

その殺気を感じて、動けないでいた。

「料理は満足だったようだな。死んだ貞吉が得意だったものだ。奴は腕の立つ料理人だった。地獄花もいいが、一度くらい、奴の料理も食ってやれ」

「ぶはは。貴様が作ったとは……座興が過ぎるぞッ。何の真似だ」

重阿弥は聖四郎を見たまま、じわり床の間に手を伸ばした。

「妙だな……」

と聖四郎は微笑んだ。

「もうそろそろ、効いてくるはずなんだがな」

怪訝に顔を見合わせる文蔵と海老六に、

「分からぬか？　汁のふくよかな味わいは菖蒲（しょうぶ）の根を浸したものだ。古い唐の国では、仙人が長寿のために食べたものだ……もっともそれを服用したら、もだえ苦しんだ、というのが本当のところらしいがな」

「なんだと……！」

素早く刀を取った重阿弥は、腰を沈めて鯉口を切った。

「薬も取りすぎりゃ毒になる。もっとも、てめえらの金蔓（かねづる）の地獄花は、廃人にしかしねえがな」

「つべこべぬかしおって」

刀を抜き払って、重阿弥がいきなり聖四郎に斬りかかってきた。見た目よりも、軽快な動きであった。だが、踏ん張りがきかない。

「ほら。やはり、効いてきたかな？」

「貴様……ッ。卑怯だぞ」

「そんなことを言えた義理か？」

三人とも胸が苦しくなったのか、息苦しそうに喉を押さえた。意識も少しずつ遠ざかっているようだ。

「徳を樹つるには滋きを務め、悪を除くには本を務む」

「………」

「悪さの元を絶たねば、世の中が腐っちまう」

「うつけ者めが。わしの後ろには、老中酒井但馬守や若年寄の大河原土佐守もいるのだぞ。地獄花を扱っておるのも承知しておる」

「だろうな。貸しつけた莫大な借金を棒引きにしてやったんだからな。だがな……残念ながら、そやつらは松平定信様によって処分された。今頃は……立派に腹を切ってるだろうよ」

「ええ⁉」

重阿弥は驚いたが、「嘘を言うな。でたらめに決まっておる」

ともう一度、剣を振り上げてくる。やはり足元がふらついている。

「信じなくとも、すぐに町方がこの屋敷に踏み込んで来る。もうおまえたちは終いだ。だがな……俺は、おまえだけは、お上の手で裁かせたくないんだ」

と重阿弥の前にズイと立った。その目には怒りが宿り、全身が震えていた。

「貴様……やはり、公儀の手の者か……」

「違うな。庖丁人乾聖四郎。魚はさばいても人は斬りたくない。だが、おまえだけは」

と一文字に手をあてがった。

「貴様ア！」

聖四郎は重阿弥が斬り込んで来た刀を激しく撥ね飛ばすと、返す刀で逆袈裟懸けにした。

「うわあッ」

一瞬だけ叫んだが、重阿弥は衝撃のまま床にドスンと倒れた。地響きのような揺れがあった。

文蔵と海老六は怯えた顔で尻餅をついたままである。すぐに、「御用だ」「御用だ」と町方役人たちが飛び込んで来た。

だが、その時には、聖四郎は姿を消していた。

パチパチとはぜる炉の炎をぼうっと見ながら、聖四郎は溜息ばかりついていた。

「よしなよ。気が散るじゃねえか」

と勘造が真っ赤な鋼を打ちながら、苛立ち混じりに言った。

「もう一丁、作れってもな。この前、作ったばかりじゃねえか」

「あれは……貞吉にくれてやった」

「くれてやったって、聖四郎さんよ……」

「地獄の沙汰も金次第っていうが、庖丁次第で、少しは救われるかもしれないじゃないか」

「ばかだな……」

と鋼を打ちながら、勘造が言った。

「死んだ奴を庇いたい気持ちは分かるが、でもな、やはり貞吉は辛抱が足らなかったんだ」

「辛抱？」

「高慢、下慢、等慢ってことばを知ってるかい」

「いや？」

「高慢は鼻高々に偉ぶる奴だ。下慢はどうせ俺には才能がないなどと悪ぶるやつ。そして等慢てな、俺の方があいつより技量があるのにと妬む心……どうしようもねえんだよ。仏様もそう言ってら」

「……」

「忍ぶって字は、刃の下に心がある。庖丁と同じでえ。心に裏打ちされたものでなければならねえんだ。焼きを入れて鎚で叩いて、刃を鋭くするだけじゃだめなんだ。心を込めた刃だけが、磨かれて光るんだよ」

「そんなもんかね」

「ふん。まだまだ修業が足りねえなあ、あんたも。聖四郎さんよう……見てみな」

と勘造はジュッと水入れして冷やした鋼を見せた。ポンポンと水玉が弾く。まるで鉄の上で踊っているようだ。

「見な……弾いた水の中で、一番辛抱してる水玉がある。小さな目に見えないほどの滴だ。露みたいなもんだ……これが、情けの露、といってな、じんわり染み込んで、辛抱した実に良い刃物になるんだ……人間も同じだよ」

言いながら、また炭火に戻す。真っ赤な炎に向かって、汗みどろで鋼を打つ軽やかな鎚の音は、永遠に終わることのない時を刻んでいるかのようだった。

『飛燕斬忍剣』（二〇〇四年二月　廣済堂文庫）を
改題、加筆修正しました。

光文社文庫

傑作時代小説
情けの露　おっとり聖四郎事件控(二)
著者　井川香四郎

2016年5月20日　初版1刷発行

発行者　鈴木広和
印刷　萩原印刷
製本　フォーネット社

発行所　株式会社 光文社
〒112-8011　東京都文京区音羽1-16-6
電話（03）5395-8149　編集部
8116　書籍販売部
8125　業務部

ISBN978-4-334-77297-0　Printed in Japan

組版　萩原印刷

お願い　光文社文庫をお読みになって、いかがでございましたか。「読後の感想」を編集部あてに、ぜひお送りください。

このほか光文社文庫では、どんな本をお読みになりましたか。これから、どういう本をご希望ですか。どの本も、誤植がないようつとめていますが、もしお気づきの点がございましたら、お教えください。ご職業、ご年齢などもお書きそえいただければ幸いです。当社の規定により本来の目的以外に使用せず、大切に扱わせていただきます。

光文社文庫編集部